KB207668

할머니와 친구하기

할머니와 친구하기

열한 명의 할머니가 알려준
우아, 현명, 재치, 강단의 기록

염주희 지음

머리말

우아하고 현명하며 재치와 강단 있는 친구들

할머니를 예찬하는 책을 내며 '나를 키운 건 팔 할이 할머니다.' 라고 쓰고 싶지만, 그건 사실이 아니다. 나는 할머니 손에서 자라지도 할머니와 살갑게 지내지도 않았다. 하지만 성인이 된 후 지금까지 할머니들은 나에게 많은 영향을 주었고, 그녀들과 가까이 지내는 시간이 즐겁고 편안했다.

20대의 나는 할머니를 우상화했다. '어떻게 저런 걸 알지?' 하는 경외감과 '나도 나이가 들면 저렇게 되고 싶다.'는 존경심을 가졌다. 30대의 나는 할머니들을 분석했다. 어떤 할머니들이 정정하고 행복한지 그 비결이 궁금했다. 답은 찾지 못했지만, 그녀들이 가진 강점과 매력에 눈을 떴다. 40대가 된 지금은 할머니와 친구가 된다.

책에 등장한 그녀들이 평균적으로 나와 40세 차이가 나는 만큼 지금은 세상을 떠났거나 교류가 끊긴 사람도 있다. 글을 쓰며 한 명씩 떠올릴 때마다 내가 좋아한 그분들의 태도나 정서가 무엇이었는지 기억났다. 억지로 티 내지 않고 자기 삶에서 자연스럽게 보여주었던 우아함, 현명함, 재치와 강단 같은 것들이 나에게도 조금은 생겼길 바란다.

중년의 눈으로 보니 요즘은 할머니가 언니 혹은 친구 같다. 할머니와 가깝게 지낸 덕분에 일찍 철든 사람이 되었고, 그녀들 사이에서 젊다는 말을 듣고 산다. 지난 20년간 세대를 뛰어넘는 교류가 나에게 든든한 버팀목이 되어준 것처럼, 이 책을 읽는 이에게도 할머니 친구가 있으면 좋겠다.

목차

열 일곱 연상 나의 첫 할머니 친구

환갑 기념 인문학 독서 모임

소라 님과 나는 열일곱 살 차이다. 자원봉사 단체에서 만난 우리는 독서와 글쓰기라는 공통 관심사가 있어서 금세 친해졌다. 독립서점 나들이, 도서관 탐방, 북 토크 참석 등 책과 노는 일에 의기투합했다. 만난 지 서너 달쯤 지났을 때, 그녀가 말했다. "올해 내가 60세가 되거든요. 생일을 기념하여 인문학 독서모임을 만들려고 하는데, 같이하지 않을래요?" 소라 님은 지난 삼십 년간 치유를 위한 기독교 독서 모임에서 활동했고, 이번에는 다양한 책을 읽는 북클럽을 기획 중이었다. 나는 타인과 책 이야기를 나눠본 경험이 없었지만, 호기심이 발동해 그녀가 시작하는 동아리의 1호 회원이 되었다. 전문가와 왕초보가 시작한 책 모임은 어느새 네 살이 되었고, 나는 이 활동에 푹 빠져 독서 모임을 하나 더 만들었다.

우리는 일주일에 한 번, 카페에서 공부한다. 동네 어디나 카페가 있지만, 조용히 담소하고 일하기 적당한 카페는 흔하지 않다. 소라 님의 카페 고르는 안목이 상당하기에 그녀는 장소 선정을, 별다른 재주가 없는 나는 운전을 담당한다. 목적지는 그때그때 다르다. 만날 시간이 짧으면 가까운 곳, 여유가 있으면 차창 밖 풍경이 아름다운 곳으로 향한다. 거기에 음악 소리가 잔잔해서 책 읽기 좋은 공간, 노트북용 콘센트가 곳곳에 있는 카페, 인심 좋은 사장님이 신기한 간식을 주는 곳까지, 그녀는 수시로 카페 목록을 업데이트한다.

전문가의 카페 이용법

공부하기 좋은 공간을 꿰고 있는 카페 발굴 고수에게 비결을 물어보았다. 별다른 노하우가 없다며 지도 앱에서 동네를 정하고 카페를 검색한 후 사진을 유심히 보는 게 전부라고 했다. 그 전부에는 자연에 둘러싸인 카페인지, 건물 한 층을 통째로 쓰는 곳인지, 좌석 수가 많은지, 조명은 적당한지, 가구는 안락한지 등 전반적인 분위기를 판단하는 걸 포함한다. 소소하게는 공간 내부와 업장의 위치를, 넓게는 날씨와

계절 같은 절기를 고려하는 셈이다. 한번은 활짝 핀 수국을 기대하며 정원이 넓은 카페에 갔는데, 꽃이 별로 없었다. 그녀는 2주 후에 다시 오면 꽃 구경하기 좋겠다며 다음 약속은 같은 장소로 정하자고 제안했다. 언제쯤 어딜 가야 좋을지 아는 그녀의 내공이 신기하고 부러웠다.

얼마 전에 들른 카페는 두 사람의 집에서 제법 떨어진 동네에 큰길에서 보이지 않는 안쪽 골목에 있었다. 누가 데려오지 않으면 찾기 어려운 위치였다. "여긴 어떻게 찾았어요?"라고 물었더니 볼일 보러 왔다가 검색해서 들렀다고 했다. 네팔 산장 같은 외관이 매력적이었지만, 실내가 어두워서 오래 있을 곳이 못 되었다. 내 표정을 읽었는지 그녀는 안쪽으로 들어가자고 했다. 곧 건물과 정원의 중간에 있는 썬룸이 나왔는데, 테이블 수가 많지 않고 공부하기 적당한 곳이었다. 아기자기한 실내 장식에 정신이 팔리는 나 같은 사람에게는 소박한 이곳이 안성맞춤이었다.

친구라면서요?

이날 우리는 호들갑스럽게 등장한 손님이었다. 오픈 시간보다 일찍 도착한 것이 문제였다. 인터넷에 나온 개점 시간까지 마당에서 놀다가 상점에 전화를 걸었다. "사장님, 저희 여기에 왔는데요. 아직 오픈 안 하셨나 봐요? 불이 꺼져있는 것 같아서요." 전화기 너머에서는 열었다고 들어오라고 했다. 사장님은 입구까지 나와 우리를 맞이했다. 나는 멋쩍음과 미안함에 묻지도 않은 말을 했다. "밖에서는 안이 어두워 보여서 안 계신 줄 알았어요. 저희 되게 일찍 왔죠? 제 친구가 여기 좋다고 오늘 꼭 와보자고 해서요."

카페에서 소라 님과 나는 따로 자리를 잡았다. 오전에는 각자 일하고, 점심을 먹으며 이야기를 나누었다. 우리는 상황에 따라 서로를 집사님, 선생님, 작가님, 소라 님, 주희 씨, 준호 엄마라고 부르는데, 오늘은 우리 관계를 물어보고 싶었다.

"소라 님, 우리가 친구예요?"

"친구라면서. 아까 카페 사장님한테 "제 친구가 여기 좋다고 데려왔어요." 이러지 않았어요?"

"그랬죠. 제가 친구라고 그러면 기분이 어떠세요?"

"좋죠~ 선배나 뭐 다른 것보다 친구가 좋죠."

"그러고 보니 우리 둘이 하는 것들이 다 친구끼리 하는 활동이네요. 카페 가고, 책 이야기하고, 아이들 고민 상담하고."

이전에도 나이 차이가 있는 언니들과의 교제를 즐거워했지만, 서로를 친구로 받아들인 사람은 소라 님이 처음이다. 그녀는 친구로서뿐만 아니라 직업인으로서도 배울 점이 많다. 몇 년 전 나는 프리랜서가 되었는데, 그녀를 통해 N잡러의 일정 관리법을 터득했다. 인생에서 제일 바빴던 시기를 뒤로하고 60대를 사는 그녀는 하고 싶은 일과 해야 하는 일, 재미있는 일과 재미없는 일의 균형을 잡으며 산다. 소라 님과 나는 공저로 책을 쓰고 함께 강연을 했는데, 그녀는 약속한 마감일을 넘기는 법이 없었다. 한번은 책 한권 분량의 원고를 절반으로 나누어 각자 편집한 후 합치기로 했다. 나는 막바지에 이르러 구토가 나올 지경이었는데, 그녀는 우아하게 작업을 마쳤다. "이 우직함, 진짜 배우고 싶어요."라는 고

백에 소라 님은 아무래도 가족이 단출하니까 시간적 여유가 있어서 그렇다고 했다. "그게 다는 아닌 것 같은데…" 했더니, 그녀는 좀 더 생각해보고 말했다. "나도 젊을 때는 뒷심이 세지 않았어요. 그런데 시간이 지날수록 삶에는 예고 없이 닥치는 일이 있다는 걸 경험한 거죠. 급하지 않을 때, 별일 없을 때 미리 할 수 있는 일을 해 두면 몸과 마음이 편하다는 걸 알게 되었달까요?" 현명한 일정 관리 비법은 '미리' 하기였다.

함께 글 쓰는 사이

우리는 자녀의 하교 시간에 맞추어 카페에서 나왔다. 떠날 때 살펴보니, 카페에서 작업한 원고 분량이 꽤 되었다. 뿌듯한 하루였다고 자족했더니 소라 님은 글 쓰는 중간중간 자연을 바라보면 도움이 된다고 하였다. 잠깐 마당을 거닐거나 고개를 들어 푸릇푸릇함을 보기만 해도 정서적 환기가 된다는데, 정말 그렇다. 그녀와 과수원 옆 카페에서 배꽃을 보며 글 쓰던 날, 통창 너머로 계룡산이 한눈에 보이는 카페에서 공부한 날, 전부 생산적인 시간이었다. 그로부터 얼마 후 신문에 실린 헤르만 헤세의 서재를 보았다. 그의 책상은 아치형 유리문을 바라보는데, 양쪽 여닫이문을 열면 숲을 집안으로 불러들였다고 할 만큼 개방감이 있었다. 작업하다 눈을 돌려 녹음을 바라보았을 헤세의 모습을 상상하며, 글이 잘 써지는 카페를 선별하는 그녀의 눈이 틀리지 않았음을 알았다.

요즘 할머니가 노는 법

나는 소라 님을 통해 신세대 할머니의 일상을 엿본다. 몇 해 전 겨울 우리는 손그림 카드 만들기 수업을 수강했다. 일러스트레이터인 강사의 지도로 색연필 그림을 완성한 후 디지털로 변환하여 엽서를 제작하는 수업이었다. 나는 그림책의 한 장면을 따라 그렸고, 그녀는 손녀의 사진을 보고 그렸다. 며칠 후 완성품을 받아본 소라 님이 이렇게 말했다. 선물 주려고 보니 손녀가 둘인데 한 명만 그려서 다른 손녀가 섭섭할까 걱정이라는 것이다. 수업을 한 번 더 들어야 할지 고민하는 모습에서 공평한 할머니가 되려는 그녀를 보았다.

얼마 전에는 전화로 그녀가 한옥 카페에 다녀온 이야기를 들려주었다. 왜 그곳에 가게되었는지 물었는데, 의외의 답이 돌아왔다. 연못에 사는 올챙이를 잡으러 갔다고 했다. 유치원에 다니는 손주에게 장난감이 아니라 올챙이를 선물 주는 할머니라니! 전화를 끊고, 메신저로 문자를 보냈다. "올챙이 잘 잡는 방법이 뭐예요? 저 어릴 땐 종이컵하고 페트병으로 잡았는데. 그리고 잘 키우는 비결은?" 금세 답이 왔다. "맞아요. 잡을 땐 종이컵 두 개로 잡으면 되고, 키울 땐 수돗물을 하룻밤 묵혀서 며칠에 한 번씩 갈아주면 돼요." 마지막으로 올챙이를 잡은 게 수십 년 전이지만 소라 님 덕분에 젖은 종이컵이 못 쓰게 될 때까지 물에서 놀았던 유년 시절이 떠올라 가슴이 따뜻해졌다.

카페 사장님에게 소라 님을 친구라고 한 날, 우리가 친구사이냐고 물은 날, 당연한 걸 묻냐는 답을 들은 날, 내 머릿속에 몇몇 사람이 떠올랐다. 나더러 할머니들이랑 뭘 하고 노는지 궁금하다던 이들이었다. 소라 님과 친구가 되고 나서 내가 할머니들을 좋아한다는 사실을 인정하고 할머니 이야기를 쓰기로 했다.

할머니를 좋아하는 일은

해명이 필요한 일

남편과 저녁을 먹으며 낮에 조문 다녀온 이야기를 했다. 그는 "지난달, 지난주에도 갔다 오더니, 자주 가네…" 했다. "당신이 어울리는 사람들의 평균 연령이 많아서 그런 걸까? 왜, 젊을 때는 결혼식이나 돌잔치를 챙기고, 나이 들면 수술이나 장례식을 챙긴다잖아." 그럴듯한 분석을 내놓으며 이런 말도 했다. "가만 보면 당신은 할머니들을 편애하는 경향이 있어. 다른 건 몰라도 그분들 대소사는 꼭 챙기더라."

편애한다는 말을 들으니, 기분이 이상했다. 치우칠 '편 偏'은 긍정의 뜻으로 사용하지 않는다. 누군가에게 "넌 편파적이야" 하면 싸우자는 말이고, 편애는 사랑에 선을 긋는 명암을 내포한다. 내가 또래보다 나이가 많은 사람과 교제하는 걸 신기하게 여기는 남편의 시선이 느껴졌다.

"할머니들이랑 만나면 뭐 해? 재밌어?"
할머니를 좋아하는 일은 늘 해명의 번거로움이 따라왔다.

사람들은 내가 특별한 주파수를 보유해서 할머니랑 어울린다고 생각하는데, 실은 그 반대다. 인생의 기승전결을 겪어본 할머니들이 너그러운 마음으로 자신의 절반밖에 살지 않은 밋밋한 젊은이에게 시간을 내주기에 그녀들과 내가 교제할 수 있다. 영화감독이자 작가인 노라 에프런의 책 『내게는 수많은 실패작들이 있다』(반비, 2021)에는 내 마음을 엑스레이로 촬영한 듯한 글이 나온다.

"젊은 여성이 나이 든 여성을 우상화한다. 젊은 여성이 나이 든 여성을 따라다닌다. 나이 든 여성이 젊은 여성을 받아들여 준다. 젊은 여성은 나이 든 여성이 그저 인간에 불과했음을 깨닫는다. 이야기 끝.

젊은 여성이 작가라면, 언젠가 그 나이 든 여성에 대해 글을 쓰게 된다.

세월이 흐른다.

젊은 여성이 나이가 든다." (142쪽)

세상을 떠나기 전 70대에 이 책을 남긴 노라 에프런에게 감사를 표한다. 20대의 나는 작가가 아니었지만, 세월이 흘러 글 쓰는 사람이 되었다. 20대의 나는 할머니들이 슈퍼우먼이라고 생각했지만, 40대의 나는 그들을 인간적으로 이해하고 담담하게 그릴 수 있다.

할머니다움을 삶에 새기는 일

2~30대의 나는 두 세대 위 여성과 교류하였고, 40대인 지금은 한 세대 위 그녀들과 우정을 쌓는다. 언제부터 할머니 예찬론자가 되었을까? 곰곰이 생각해 보니, 할머니 바라기는 자연스러움에 가까이 가려는 본능적인 끌림이었다. 인생을 몇십 년 먼저 경험한 선배를 통해 훗날의 나를 당겨 만나고, 누구나 삶의 무게를 감당하며 나이가 든다는 사실을 알게 되었다.

며칠 전에는 60대인 지인이 나에게 이렇게 말했다. "내가 60에 아는 것을 40에 알았으면…하는 마음이 들 때가 있잖아요? 주희 님은 언니들이랑 어울리며 그런 걸 일찍 알게 되었으니 참 좋겠다 싶더라고요. 어찌 보면 인생을 현명하게

사는 거예요. 실수를 덜 하게 되니까 시간을 절약하는 것이
기도 하고요."

나이 들수록 할머니의 매력을 더 잘 발견한다. 그들의 삶
에서 '어쩜! 저렇게 할 수도 있구나!' 하는 반짝임을 발견하
면 나중에 저런 할머니가 되고 싶다는 동경이 아니라, 현재
내 삶에 할머니다움을 새겨 넣고 싶다. 닮고 싶은 점이 어떨
때는 여유이고, 어떨 때는 지혜이며, 어떨 때는 베짱이나 자
부심이다.

할머니 바라기의 시작

하지만 할머니 바라기의 시작은 맑음이 아니었다. 노년,
아니 할머니라는 존재에 깊은 관심을 가지게 된 것은 나의
친할머니 때문이다. 친할머니와의 동거는 내 생애 처음 4년
과 할머니가 돌아가시기 전 마지막 4년, 두 번이다. 나는 태
어나서 네 살 때까지 조부모님 댁에 살았고, 부모님이 분가
한 후에는 간간이 할머니 댁을 방문했다. 할머니 댁은 마포
집, 친할머니는 마포 할머니로 통했다. 내가 마포집의 최연

소 가구원이었을 때 할머니는 노인이 아니었다. 손주가 있으니, 관계적으로 할머니라는 호칭을 사용했지만, 그녀는 젊은 나이에 며느리를 맞이한 중년 여성이었다.

　시간이 흘러 내가 대학교 1학년 때, 다시 할머니와 한집에 살게 되었다. 이번엔 할머니가 우리 집으로 왔다. 당뇨합병증과 치매로 도움이 필요한 상황이 되자, 할머니는 부모님과 네 자녀로 이루어진 우리 집에서 지냈다. 의견이 분명하고 이치에 밝았던 할머니가 일상생활에 혼란을 겪는 모습을 지켜보면서, 그녀의 문제는 나를 파고들었다. 성인이 되어 처음으로 치열하게 고민한 것은 돌봄이 필요한 노인과 그들의 미래는 어떻게 될 것인가였다. 자신을 챙길 수 없는 할머니가 인간으로서 존엄성을 잃지 않으려면 어떤 준비가 필요한지 알고 싶었다. 할머니는 내가 대학교 1학년 때 우리 집에 오셔서 4학년 때 돌아가셨다. 유학을 준비 중이던 나는 할머니의 고통과 돌봄을 제공하는 보호자의 일상이 망가지는 것을 관찰하며, 노년학을 연구하기로 했다.

할머니의 세계로 들어가는 일

할머니는 나의 진로에 영향을 미쳤고, 그 이후에 많은 할머니를 만났다. 대학원과 직장에서 연구자와 연구 대상자로 그들을 만났는데, 학문적으로 접한 할머니의 세계는 알아갈수록 흥미로웠다. 나는 그녀들의 부러지지 않는 회복탄력성, 무뚝뚝하면서도 다정한 성격, 있을 때 누리라는 현재 즐기기 철학에 반했다. 직업을 바꾸어 이제 업무적으로 할머니를 만날 일이 없어졌지만, 대신 친하게 지내는 그녀들이 늘었다.

마포 할머니 덕분에

칭찬일까 아닐까

마포 할머니는 운동파였다. 전성기에는 매일 효창공원에서 새벽 운동을 하셨다. 우리 집으로 오신 후에는 아파트 앞 천변에서 식후 걷기를 빼놓지 않았다. 처음에는 혼자 외출했지만, 낙상으로 입·퇴원을 반복한 다음에는 보호자 없이 나갈 수 없게 되었다.

어느 날 오후 집 근처 공원에서 할머니와 마주쳤다. 할머니는 주로 환할 때 외출하고 나는 아침 일찍 갔다가 저녁에 들어오던 때라 밖에서 할머니를 보는 일은 흔하지 않았는데, 그날은 드물게 할머니를 외부에서 만난 것이다. 그녀는 비슷한 연배의 이웃과 벤치에 앉아 있었다. 나를 둘째 손녀라고 소개한 후 옆에 계신 분에게 "우리 손녀는 공부를 참 잘해."라고 하셨다. 할머니는 공부를 강조한 적이 한 번도 없었는데, 나의 학업 성과를 언급한다는 사실이 의외였다. 이웃 할머니는 "우리 손자는 서울대 학생이야."라고 담백하게

응수하셨다. 입학하기 어렵다는 고등교육기관 이름을 들은
나의 할머니는 즉시 손녀 자랑을 멈추었다.

나는 혼자 집으로 들어갈지, 할머니께 같이 들어가자고 할
지 고민하느라 잠시 멍하니 서 있었다. 그사이 침묵이 흐르
고 전신 스캐닝을 완료한 두 사람은 나를 두고 품평회를 시
작했다. 귓불이 도톰하고 귀가 잘생겨서 부자 될 상이다, 눈
썹이 짙어서 연필로 안 그려도 되겠다, 이마가 갈매기처럼
되어있어 단아하다, 머리숱이 많아 보기 좋다… 내가 쓰는
외모 척도에는 이런 기준이 없으므로, 칭찬인지 흉인지 아
리송했으나, 곧 파악을 마쳤다. 그들은 나를 요리조리 살펴
보며 '자세히 보아야 예쁘다'를 실천한 것이다. 당시에는 할
머니의 덕담을 흘려들은 척했지만, 실은 그 여파가 오래갔
다. 잘생긴 귀를 드러내야 복이 온다는 할머니표 관상 이론
에 근거해 나는 귀 뒤로 머리를 넘기고 다녔다.

눈에 들어간 속눈썹을 혓바닥으로

할머니의 유일한 외출이 병원이나 산책이 되기 전, 우리는 종종 가족끼리 외식했다. 하루는 할머니와 아버지가 좋아하는 평양 냉면집에 갔다. 비빔냉면을 주문했다가 너무 매워서 육수만 들이켰더니, 할머니는 상추를 잘라 넣으라며 채소를 내 쪽으로 내미셨다. 냉면과 상추라니 구미가 당기지 않았지만, 권유를 뿌리치지 못하고 한 장을 집어 얼기설기 찢어 넣었다. 그 정도로는 매콤함을 잠재울 수 없다 싶었는지 그녀는 상추 몇 장을 집어, 내 그릇에 얹으려 했다. 이번엔 아버지가 말렸다. "그냥 애들 하는 대로 내버려두세요, 좀!" 할머니는 아버지와 나를 번갈아 쳐다보더니 바구니를 내려놓았다. 큰살림을 지휘하고 발언권이 세던 할머니가 아버지 말에 잠자코 수긍한다는 게 낯설었다. 상추를 넣고 싶지 않았던 마음만큼이나, 나로 인해 언성이 높아진 식사 자리가 불편해서 비빔냉면을 시킨 걸 후회했다. 그 후로는 할머니와 식당에 간 기억이 없는 걸로 보아 외출하기 어려울 정도로 기력이 쇠퇴하였던 것 같다.

한 번은 속눈썹이 눈에 들어갔는데, 좀처럼 빠지지 않았다. 거울 앞에서 낑낑대는 나를 발견한 할머니는 가까이 오더니, 고개를 숙이라고 하였다. 두 손으로 내 머리를 잡고 혀로 눈동자를 핥아줄 기세였다. 기겁하고 뒷걸음질하는 나와 혓바닥으로 하면 틀림없이 눈썹이 빠진다며 다가오는 할머니가 팽팽히 맞섰다. 비위생적인 방식 때문에도 그랬겠지만, 할머니가 나를 돌봐준다는 느낌이 어색해서 거부한 것도 있었을 것이다.

유년 시절 할머니와 쌓은 추억은 희미하다. 마포 할머니는 늘 바빴고 손주들과 일대일로 놀아주는 사람이 아니었기에, 할머니와 신체접촉을 나누며 정을 쌓을 기회는 많지 않다. '할머니 손에 컸다, 할머니 사랑을 듬뿍 받고 자랐다, 할머니 치마폭이 그립다'는 말은 책에 나오는 표현이지 내가 경험한 정서는 아니었다. 반면 내가 성인이 되어 경험한 할머니와의 일화는 나에겐 또렷하지만, 치매를 겪던 할머니에게는 흐릿하게 남았을 것이다. 우리가 함께했던 시기는 둘 중 한 사람만 온전히 간직할 수 있는 시간이 되었다.

할머니의 마포 옛집으로

대학교 3학년 때였다. 할머니가 간병인 아주머니를 졸라 마포 집에 가자고 하였다. 우리 집으로 이사 오기 전 할머니는 경기도 안산에 거주했는데, 여전히 마포를 옛 동네로 칭하곤 하였다. 집에는 할머니, 아주머니, 나 이렇게 세 사람이 있었기에 아주머니는 나에게 도움을 청하였다. 할머니가 외출하자고 성화인데 혼자서는 엄두가 안 난다고 하였다.

치매를 앓는 할머니에게는 흐린 날과 갠 날이 교차했다. 흐린 날에는 어머니가 할머니의 돈을 가져갔다고 화를 내고, 식사를 마친 후에도 배가 고프다며 무서운 표정을 지었다. 맑은 날에는 큰 소동 없이 일과를 마무리하고 평범한 대화가 가능했다. 마포 이야기를 꺼낸 날, 할머니 상태는 맑음이었다. 누구를 원망하거나 무엇을 하고 싶지 않다고 어깃장을 놓는 것이 아니라 하고 싶은 일이 있다는 적극적인 소망을 표현한 것이다. 나는 왜 마포에 가시려는지 물었다. 할머니는 "저그 사니, 저그 사니, 글쎄 갈 일이 있다."라고만 했다. 할머니의 일상을 안전하게 만드는 것이 최우선인 부모님은 이런 바람을 들어줄 여력이 없었다. 주도적인 돌봄을 하지 않았던 나는 어쩌다 외출 동행 정도는 할 수 있을 것 같았다.

나는 할머니, 아주머니와 함께 마포에 가기로 했다. 할머니가 어떤 생각에 꽂히면 그걸 반복해서 언급하는 기간이 있는데, 마포에 별것 없다는 걸 알면 한동안 잠잠해질 것 같았다. 우리는 아파트 정문까지 걸어가 택시를 잡았다. 뒷문을 열어 아주머니와 할머니를 태우고 앞좌석에 탔다. "공덕동 주택은행 골목으로 가주세요." 택시를 잡아본 적도 별로 없지만, 일행을 뒤에 태우고 내가 앞에 탄 적은 더욱 없었다. 오늘은 내가 할머니 보호자라는 책임감이 머리를 스쳤다.

택시로 30분을 달려 자동차가 들어가기 비좁은 골목 앞에서 하차했다. 할머니의 옛집, 내가 어릴 때 살던 집은 그 자리에 있었다. 마포 집은 큰 계단을 서너 개 디딘 후에야 초인종을 누를 수 있었다. 나는 먼저 올라가 대문 틈으로 안을 들여다보았다. 아무런 인기척이 없었다. 남의 집을 엿본다는 부담감에 등골이 서늘해졌다. 여기까지 온 이상 벨을 눌러 보는 것이 맞았다. 할머니는 한 손으로 벽을 짚고 다른 한 손으로는 아주머니의 도움을 받아 계단을 오른 후 문 앞에 섰다. 천천히 손을 뻗어 초인종을 눌렀다. 한동안 기다렸지만, 상대방 목소리는 들리지 않았다. 몇 번을 눌러도 소용없었다. 이 동네에는 할머니와 반갑게 인사할 사람이 남아있지 않았다. 사람만이 아니었다. 마포 집의 오른쪽에 있던 집은 4층 높이의 다세대 주택으로 변신해 있었다.

골목을 빠져나와 상점이 있는 거리로 향했다. 사람들은 떠나지만, 가게는 그보다 오래 자리를 지킨다고 생각했을까? 할머니는 목욕탕에 가보자고 했다. 발걸음을 옮긴 지 얼마 못 가서 대중탕이 없어졌음을 알았다. 멀리서도 보이던 굴뚝이 사라졌기 때문이다. 할머니는 그 자리까지 걸어가 목욕탕이 있던 자리를 손가락으로 가리키며 망연자실하게 서 있었다.

사장님, 나를 모르겠소?

옛 동네를 둘러보고 나니 할 일이 없었다. 집에 돌아갈 생각으로 큰길에서 택시를 잡으려는데, 갑자기 할머니가 길을 건너자고 했다. 그곳에는 할머니가 애용하던 정육점이 있었다. 할머니는 상점에 들어가 두리번거리더니 이렇게 물었다. "육곳간 사장님, 나를 모르겠소?" 사장님은 작업대에서 고기를 썰다 말고 난감한 표정을 지었다. 나는 어색한 분위기를 무마하려고 사장님께 말을 건넸고, 곧 정육점에서 나왔다. 이제 집에 가도 되냐는 나의 물음에 할머니는 고개를 끄덕였다.

요즘은 도보로 옛 동네를 탐방하는 여행 프로그램이 많이 생겼는데, 당시에는 할머니와 어떻게 시간을 써야 할지 몰랐다. 할머니가 움직일 수 있고 대화할 수 있음에 감사하며 추억 쌓기를 했더라면, 마포에서 무엇을 할지 나들이 계획을 세웠더라면, 하는 아쉬움이 있다. 할머니는 이후에도 마포집 이야기를 했지만 가자고 하지 않았다. 택시비 때문이었다. 할머니가 어머니에게 말하길 이날 왕복 교통비가 많이 나왔다며 괜한 돈을 썼다고 아까워하였다고 한다.

할머니가 찾아왔다

할머니가 세상을 떠난 지 이십 년이 넘었다. 몇 해 전 겨울, 나는 초등학생이던 둘째를 데리고 천안에 있는 할머니 묘에 갔다. 아이는 끝없이 이어지는 추모 공원을 보고 입을 다물지 못했다. 차로 이동하는 동안 우리는 곳곳에서 관리비 납부를 독촉하는 현수막을 보았다. 메시지를 읽은 아들이 말했다.

"엄마, 여기 증조할머니 돈은 누가 내는 거야?"

"외할아버지가 내시겠지."

"외할아버지가 돌아가시면?"

"그럼, 엄마랑 형제들이 내겠지."

몇 년 있으면 할머니 산소를 사용하기로 한 기간이 끝난다. 한 사람이 사망한 후 4세대가 지나면 그 무덤을 찾는 이가 없어진다는 글을 읽었는데, 이곳도 그렇게 되가는 중이다.

내가 연구소에 근무할 때의 일이다. 꿈에 할머니를 보았다. 나는 할머니께 아프면 아픈 대로, 힘들면 힘든 대로 솔직한 모습을 보여주어 감사하다고 했다. 할머니랑 지내면서 공부할 이유를 찾았고 학위를 끝까지 할 수 있었다고 말했다. 마포 할머니가 꿈에 나온 것은 그날이 처음이자 마지막이었다.

외할머니와 홍합

정리수납전문가

　외할머니는 열여섯 명의 손자를 두었다. 그중 한 명인 나는 1/16만큼 할머니의 사랑을 받았다. 할머니와 나는 오십 년 차이가 나는데, 줄곧 그 정도의 거리를 유지하며 지냈다. 외할머니랑 내가 엄청 친하지는 않았다는 뜻이다. 할머니는 정리수납전문가였다. 외삼촌 가족과 사는 그녀는 계절이 바뀔 때마다 우리 집을 방문했다. 맛있는 음식을 먹고 이야기도 나누었지만, 가장 중요한 행사는 옷장 정리였다. 며칠 동안 이불 홑청을 빨고, 서랍장 속 내용물을 꺼내 손질했다. 철 지난 옷은 보자기에 싸고, 원래는 희었지만 누렇게 된 옷은 삶고, 구멍 난 옷은 기웠다.

　할머니는 여름마다 삼베 이불에 풀을 먹였는데, 마르는 동안 누룽지와 갱지를 섞은 것 같은 비릿한 냄새가 났다. 친해지기 어려운 향이었음에도 이 과정이 끝나면 깔깔한 더위 탈출 장비가 만들어진다는 기대감으로 베란다에 나가서 빳

빳하게 변하는 이불을 만져보았다.

철마다 막내딸 집을 방문해서 의복을 정리하던 외할머니는 어쩌다 하는 일임에도 빈틈이 없었다. 지난번에 있던 옷이 어디 갔는지 꼼꼼히 챙기는 기억력과 한시도 쉬지 않고 구석구석을 단정하게 다잡는 바지런함이 최고였다. 어렸을 땐 어머니가 할 일을 왜 할머니가 하는지 궁금했다. 살림 유경험자인 지금은 빨래하고 개고 집어넣는 일상만으로도 벅찬 게 집안일임을 알기에 할머니의 도움을 거절하지 않은 어머니의 상황을 이해한다. 어머니가 네 명의 어린 자녀들과 분주하게 지내는 동안, 할머니는 언젠가 해야 하는 밀린 일을 처리했다. 외할머니는 옷장 정리할 때 속 물건을 전부 빼서 하나씩 다시 넣었다. 어깨너머로 비법을 배운 나는 삼일절, 현충일, 개천절 같은 환절기 휴일에 옷 정리를 한다. 옷을 버리지 않고도 깔끔하게 정리했던 할머니와 다르게 나의 옷장 청소는 의류 수거함에 넣을 물품을 한 보따리 찾는 것으로 막을 내린다.

나프탈렌으로 과학 수업

할머니의 여름 향이 풀 쑤는 뭉근함이었다면, 겨울 향은 나프탈렌의 날카로움이었다. 옷 정리를 시작하면 장롱 한편에서 조약돌 만한 구겨진 달력 뭉치가 나왔다. 종이 안에는 나프탈렌이 있었다. 샀을 때는 동그랑땡 크기였는데, 버릴 때는 콩알이 된 것을 의아하게 여기자, 할머니는 고체가 액체를 건너뛰고 기체가 되기도 한다고 일러주었다. 무학이었던 그녀가 이 현상을 어떻게 표현했는지는 기억에 없지만, 초등학교 저학년이 이해할 수 있도록 쉽게 설명해 주었음은 분명하다. 훗날 과학 시간에 승화의 예시를 말해볼 사람 발표해 보라고 했을 때 나는 번쩍 손을 들었다.

요즘은 방향제, 탈취제, 습기 제거제, 방충제를 용도에 맞게 쓰니 예전만큼은 볼 수 없지만, 지금도 가끔 나프탈렌 냄새를 맡으면 할머니 생각이 난다. 어른이 되어 할머니께 방향제를 선물한 적이 있다. 소형 옷걸이처럼 생긴 라벤더 향방향제로, 옷장에 걸어두면 좋은 향기가 날 것이라고 말씀

드렸다. 할머니는 용도를 파악하지 못하고 옷을 걸 수 없는 옷걸이의 쓸모가 무엇이냐고 하였다. 옥신각신하다 나는 이렇게 말했다. "할머니, 꽃냄새가 나는 나프탈렌이에요. 옷장에 넣어두시면 돼요." 그때는 웬 거짓말이냐 했겠지만, 요즘은 진짜 꽃향기가 나는 나프탈렌이 있다.

홍합이 닮았다

외할머니에 대한 또 다른 이야기는 성(性)을 주제로 한다. 할머니가 질퍽한 농담을 즐기거나 입이 걸걸한 사람이었다는 뜻은 아니다. 사춘기가 되자 할머니는 번번이 나에게 물었다. "경도를 하니야?" 경도라는 단어를 알아듣지 못하자 할머니는 멘스, 달거리 등 대체어를 구사했다. 생리를 시작했더니 신기하게도 질문이 멈추었다. 어머니를 통해서 들은 걸까? 어머니의 어머니는 이런 질문을 해도 되는 걸까? 여성성 확보는 모계의 중요한 임무라고 생각했기에 손녀의 변화는 곧 외할머니의 관심사였다고 추측해 본다.

내가 성인이 된 후 할머니가 성을 화두로 꺼낸 적이 두 번 있다. 하루는 할머니가 뜬금없이 홍합이 여성의 성기처럼 생겼다고 말했다. 나는 타인과 성 이야기를 나누는 사람이 아니었고 할머니와는 더더욱 그런 관계가 아니었기에 당황했다. 맞게 들었는지 확인할까, 왜 그런 말을 하셨는지 물어볼까 하다가 아무 반응하지 않기로 했다. 할머니는 부연 설명을 하거나 내 의견을 묻지 않고, 그냥 그렇다고 말하고 점잖게 넘어갔다. 내 생각에 우리가 홍합을 주제로 나눌 수 있는 이야기는 "<6시 내 고향>에서 들었는데 홍합에는 무슨무슨 영양성분이 풍부해서 여자들이 먹으면 좋다더라." 하는 정도의 수위였기에, 둘의 직접적인 형태 비교는 뜻밖이었다.

그녀가 옳았다

홍합 이야기를 잊고 있다가 수업 중에 외할머니를 떠올린 일이 있었다. 대학 3학년 계절학기에 필수 교양 과목인 <예술과 사상>을 들었다. 푹푹 찌는 여름 날 사람이 꽉 들어찬

강의실에서 교수님이 여성의 성기를 사실적으로 묘사한 미술 작품 사진을 화면에 띄웠다. 강의실이 술렁였다. 여성의 몸에 대한 주권, 자유로운 예술적 표현, 남성과 여성에 대한 차별적 인식이라는 맥락에서였을 것이다. 수업 자료를 보고 처음 한 생각은 '이런 작품을 보여주다니…'라는 당혹감이었다. 조금 정신을 차린 후 든 생각은 '할머니 말이 맞았구나.' 였다. 이 글을 쓰면서 여성의 신체를 홍합에 빗댄 표현이 할머니의 독창적인 발상인지 궁금해졌다. 한창훈의 소설 『홍합』(한겨레출판, 2021)에 답이 있었다. 홍합 공장을 배경으로 팍팍한 여인들의 삶을 그린 이 책에는 힘든 노동을 이겨 내는 특효약으로 육담을 즐기는 인부들이 등장한다. 그네들을 통해 홍합과 여성의 비교는 지역을 막론하고 입에서 입으로 전해 내려왔음을 알게 되었다. 소설가는 신체 부위를 지칭하는 단어를 사용하지 않고 전달하는 바를 정확히 표현했지만, 외할머니는 응당 알아야 할 사실을 언급한 것뿐이라는 듯이 두 가지의 외형적 닮음을 자연스럽게 짚고 넘어가는 화법을 택했다.

내가 결혼을 앞두고 있을 때였다. 할머니는 거실에서 화초 잎을 정리하던 중이었는데 부엌으로 가는 나를 불렀다. 그녀는 나에게 "신혼여행 가서 첫날 밤 신랑이 하자는 대로 잘 따라야 한다. 신랑 말을 잘 들으면 된다."고 하였다. 수년 전 이차성징이 왔는지부터 첫날 밤 대비까지 할머니는 그녀만의 방식으로 성교육을 한 셈이다. 모든 손녀딸과 이런 얘기를 했을까? 물어보지 않았으니 알 수가 없다. 하지만 나에게 생리를 시작했는지 묻던 사람도, 신혼여행 조언을 하던 사람도 외할머니가 유일하다.

살림왕 다보르카

새 이웃은 청소 전문가

　2000년 여름, 나는 결혼과 함께 미국으로 떠났다. 공부하고, 출산하고, 직장 다니고, 육아하던 미국 생활을 떠올리면, 흑백영화처럼 까마득하게 느껴진다. 몸은 고단하고, 마음은 여유가 없었지만, 나에겐 옆집, 앞집, 이웃 할머니가 있었다.

　다보르카 Davorka는 내가 메릴랜드에 살던 시절 이웃집 남자 마르코 Marko의 어머니였다. 우리 집은 두 집이 처마 하나를 공유한 타운하우스 단지에 있었다. 내가 이사 오고 몇 달 후, 마르코의 어머니 다보르카와 아버지 슬라보단 Slobodan이 옆집으로 왔다. 슬라보단은 크로아티아에서 전투기 조종사로 근무하다 은퇴하였고, 다보르카는 아들 삼형제를 키운 주부였다. 이들은 내전 이후 고국 상황이 불안해지자 이주를 결심했다. 아들은 10대 때 미국에 건너와 정착하고 부모는 몇 년 후 이민을 온 것이다. 다보르카의 첫째 아들은 결혼하여 미시간에 살았고, 미혼인 둘째 아들은 메릴랜드에, 대학생인 셋째 아들은 대학 기숙사에 살았다. 고향에서는 독립적인 생활을 하던 이들이지만, 타국에서는 도움이 필요했다. 가족이 있는 첫째와 기숙사에 사는 막내보다 혼자 사는 둘째의 형편이 제일 나았기에 이들 부부는 마르코네 집에서 살기로 했다. 어느 주말, 옆집에서 가구 나르는 소리가 들려서 나가보았더니, 마르코가 집안 배치를 바꾸는 중이었다. 자신이 쓰던 2층 방을 비워 부모님이 쓸 수 있도록 양보하는 거였다.

옆집에 다보르카가 온 후로 두 집 사이의 왕래가 빈번해졌다. 그녀는 친구가 없어서 심심하다며, 수시로 자신의 집에 놀러 오라고 하였다. 옆집에 가면 그녀가 만든 요리를 맛보거나, 사진을 보느라 시간 가는 줄 몰랐다. 다보르카는 매일 빵이나 과자를 구웠고, 유리잔은 물방울 흔적이 하나도 없이 매끈했다.

한번은 다보르카의 집에서 파우더룸을 사용했다. 파우더룸은 욕조나 샤워부스가 없는 작은 화장실로, 손님은 주로 이곳을 사용한다. 어느 집이나 파우더룸은 다른 화장실보다 깨끗하지만, 이 집은 유난했다. 지은 지 수십 년 된 집인데, 세면대와 양변기가 사용감이 없는 새것 같았다. 나는 그녀에게 파우더룸을 어떻게 관리하는지 물었다. 다보르카는 자기가 화장실 청소에 진심이라며 나를 지하로 데리고 가서는 계단 뒤 창고에서 플라스틱 청소 도구함을 꺼냈다. 그러고는 손거울을 찾아서 이렇게 말했다. "손거울을 변기 테두리 아래에 넣고 비춰봐. 그러면 위에서 볼 때는 보이지 않는 물때가 보여. 여기를 잘 청소해야 도기가 하얗게 되지." 화장실 청소에 이 정도의 수고를 들인다는 사실에 놀라서, 아무 말도 할 수 없었다. 내가 알아듣지 못했다고 생각한 다보르카는 직접 허리를 숙여 변기에 거울을 비추고 이 부분을 빼놓지 말라며 손가락으로 가리켰다. 양변기 청소 팁을 배운 뒤, 나도 따라 해보았는데, 몇 번 해보니 몸을 낮추고 변기를 끌어안듯 청소하는 자세가 힘들어 그만두었다. 옆집에서 보았던 반짝이는 변기는 쉽게 얻을 수 있는 게 아니었다.

코바늘로 뜬 혼수

그녀의 취미는 코바늘뜨기였다. 옆집 테이블에는 늘 빳빳하게 풀 먹인, 손수 만든 식탁보가 깔려있었다. 비슷해 보여도 자세히 보면 다 다르게 생긴 여러 개의 작품이었다. 이렇게 큰 걸 어떻게 완성했느냐고 감탄하자 다보르카는 작은 것부터 하다 보면 점점 익숙해져서 어느새 큰 걸 만들고 있다고 했다. 언젠가 그녀가 크로아티아에서 가져온 실을 다 썼다며 면사 판매처를 찾고 있길래, 취미 용품 재료상에 데리고 갔다. 그녀는 나에게 이 기회에 바늘과 실을 장만해서 해보라고 권유했는데, 코바늘뜨기의 아름다움에 눈을 뜨지 못한 젊은이였던 나는 정중히 거절했다.

뜨개질은 내 취향이 아니었음에도 뜨개질하는 모습을 구경하는 것은 즐거웠다. 그녀는 도면을 보느라 돋보기를 썼다 벗었다 하며 몇 코 남았는지 크로아티아어로 숫자를 말했다. 한데 뜨개질에 들이는 시간에 비해, 옆집에는 코바늘 소품이 많지 않았다. 그렇게 많은 작품을 어디에 쓰는지 궁금해졌다. 작품이 다 어디로 갔냐는 물음에 다보르카는 이 집은 아들 집이기 때문에 본인 취향대로 꾸밀 수 없다면서, 나중에 부부의 공간을 따로 구하면 그때 꺼내 쓸 예정이라고 했다.

　다음번에 옆집에 갔을 때, 다보르카는 나에게 보여줄 게 있다고 했다. 그녀는 작정한 듯 나를 안방으로 데려가서 서랍장 한 칸에서 가지런히 정리한 코바늘 작품을 꺼냈다. 차례차례 침대 위에 펼치니, 더 늘어놓을 데가 없이 꽉 찼다. 네모난 테이블보, 동그란 테이블보, 술이 달린 기다란 테이블 보, 벽에 거는 장식, 주방에서 쓰는 작은 소품 등, 코바늘로 만든 수예품이었다. 이만큼 꺼내고도 서랍에는 코바늘 작품이 남아 있었는데, 다보르카는 같은 디자인이니 꺼낼 필요가 없다고 했다. 세 아들이 결혼할 때 선물로 주려고 준비했다며, 지금은 막내 것을 만드는 중이라고 했다. 첫째 며느리한테는 이미 선물했고, 그날 구경한 완성품은 둘째에게 갈 모양이었다. 그녀의 코바늘 작품을 보며 옛날 한국 어머니들이 손바느질로 자녀의 혼수 이불을 준비하던 모습이 생각나서 코끝이 찡했다.

직접 만든 임부복

우리가 이웃이 된 다음 해, 나는 첫째 아이를 출산했다. 임신 기간 동안 입덧이 심해서 한동안 외출을 할 수 없었다. 내가 종일 침대에 누워있다는 소식을 들은 다보르카는 혼자 있지 말고 낮에 자기 집에 와 있으라고 했다. 종종 옆집 소파에서 낮잠 자고, 점심에는 크로아티아식 수프를 먹었다. 가까이에 누군가 있다는 것만으로도 큰 힘이 되었다.

아플 때는 시간이 더디게 가더니 입덧이 사그라들자 휙휙 지나갔다. 이번에는 내 임부복이 다보르카의 레이다에 걸렸다. 옷 쇼핑을 좋아하지 않는 나는 헐렁한 멜빵바지를 사서 배가 나올 때마다 조금씩 어깨 줄을 늘여 입었다. 어느 날 그녀는 나에게 바지보다 치마가 더 편할 것이라며 임부복을 만들어주고 싶다고 하였다. 딩동 소리와 함께 다보르카는 줄자를 가지고 우리 집에 왔다. 나는 앞치마를 두르고 주방에서 조리하다가 치수를 재게 되었다. 우리는 치마 길이를 두고 실랑이질했다. 나는 무릎길이가 좋겠다, 다보르카는 발목보다 조금 올라간 게 좋겠다고 한 것이다. 조금만 더 짧게 해달라고 하자, 다보르카는 무릎과 발목 중간 길이의 치마가 될 것이라며, 자기에게 맡겨달라고 했다. 이왕이면 자주 입을 수 있는 의상이었으면 하는 마음에 "이 앞치마처럼 편한 옷으로 만들어주세요."라고 부탁하자 그녀는 호탕하게 웃으며 아주 적당한 옷을 만들어줄 터이니 걱정하지 말라고 하였다. 며칠 후 내 치수에 맞는 임부복을 선물 받았다. 앞쪽에 긴 지퍼가 달린 회색 점퍼스커트였다. 안에 블라우스나 반 팔을 받쳐입을 수 있게 시원한 재질로 만든 여름 치마였다. 착용하기 편리하고, 점잖고, 실용적인 옷으로 나는 출산하러 병원에 가는 날에도 이 옷을 입었다.

다보르카는 아기를 무척 예뻐했다. 아기를 데리고 나가면 그녀도 밖으로 나와 반갑게 놀아주었다. 우리 집에 아기가 온 것과 비슷한 시기에 다보르카도 할머니가 되었다. 첫째 아들이 딸을 낳아 그녀에게 손녀가 생긴 것이다. 마르코가 대학원을 졸업하던 날 옆집에서 파티가 열렸다. 다보르카 부부와 아들 삼 형제 가족이 모두 모였다. 이날 처음으로 다보르카가 손주와 노는 모습을 보았는데, 어찌나 볼에 뽀뽀를 자주 하는지 아기의 뺨이 마를 새가 없었다.

이주민 동병상련

미국에 와서 한동안 집안일에 매진했던 다보르카는 취업할 수 있는 여건이 되자 직장을 구했다. 60대에 처음으로 가정 밖에서 일을 시작한 것이다. 일터는 인근 항구 도시의 유람선 조리실이었다. 사람들이 자신의 음식을 먹어보면 요리법을 묻는다며 실력을 자랑하던 그녀였기에 상업 주방 일이 잘 맞을 것 같았다. 다보르카는 배에서 디저트를 만들었다. 처음에는 주방에서 값싼 재료만 쓴다고 불평하더니, 나중에는 팔 곳곳에 오븐 판에 데인 상처가 늘어나서 속상해했다.

다보르카의 출근과 함께 견본주택 같은 깔끔한 옆집은 사라졌다. 집 가꾸기에 쓸 시간이 줄었지만, 바라던 바대로 아들에게 전적으로 생활비를 의지하지 않도록 얼마간의 수입이 생겨서 다행이었다. 어쩌면 다보르카는 살림을 좋아했다기보다 이민 정착 시기에 고국에 두고 온 걱정거리를 잊고자 자신이 할 수 있는 일에 집중했던 것일 수도 있다.

다보르카가 서서히 유람선 일에 지쳐갈 때, 첫째 아들 부부가 부모님이 미시간으로 와서 아기를 돌보아주었으면 좋겠다고 하였다. 출산휴가를 마치고 직장에 복귀하려는데, 부모님이 육아를 맡아주었으면 한다고 부탁한 것이다. 그어떤 직장보다 손녀 돌보기가 의미 있다며 다보르카는 길게 고민하지 않고 미시간으로 이사했다. 그들 부부는 첫째 아들네와 걸어갈 수 있는 거리에 살며 손녀를 돌보았다.

지금 생각해 보면 다보르카와 슬라보단 가족은 참 반듯한 사람들이었다. 부모님이 도착하기 전에 제일 좋은 방을 내어주느라 마르코가 집안 구조를 바꾸었던 일이나, 다보르카가 아들 집 실내 장식을 건드리지 않고 존중하는 모습이 인상적이었다. 다보르카 부부가 미시간으로 떠난 후, 마르코의 약혼자가 옆집으로 이사 왔다. 나는 그제야 다보르카가 미시간으로 간 진짜 이유를 알게 되었다. '부모님이 처음 미국에 왔을 때는 둘째가 정착을 도왔고, 둘째가 결혼을 앞둔 지금, 첫째가 부모님을 미시간으로 초대해서 가까이 지내자고 했구나.' 형제간의 배려, 부모 자녀 사이의 존중이 좋은 본보기가 되었다.

오랜만에 앨범을 꺼내서 다보르카와 찍은 사진을 찾아보았다. 나는 아들을, 그녀는 손녀를 안고 있다. 머리카락이 거의 없는 아기 두 명과 까만 머리의 엄마, 금발의 할머니가 사진 속에서 웃고 있다. 우리가 함께 지낸 시간은 일 년이 조금 넘는 짧은 시간이었지만, 그녀가 이웃이어서 감사했다. 둘다 미국에 연고지가 없어서 동병상련을 느끼기도 했고, 은근히 두 나라의 정서가 비슷해서 친해졌던 것 같기도 하다. 가끔 화장실 청소를 할 때, 카페에서 레이스 달린 장식을 만날 때, 이웃이자, 친구이자, 좋은 어른이었던 다보르카가 떠오른다.

폴리나의 육아 조언

동네 소식통 폴리나

우리 집 오른쪽에 다보르카가 살았다면, 보도블록을 사이에 두고 직각으로 마주한 집에는 폴리나 Paulina가 살았다. 60대 중반의 간호사인 그녀는 은퇴한 남편 프랭크 Frank와 지냈다. 우리 집 거실은 폴리나네 주방을 향하고 있었다. 퇴근길에 장을 본 날이면 그녀는 가장 먼저 주방으로 가서 식료품을 냉장고에 넣었다. 폴리나는 데우기만 하면 조리가 끝나는 완제품 음식을 애용했는데, 아침마다 냉동실에서 식료품을 꺼내 작은 아이스박스에 챙긴 후 출근했다.

우리가 살던 집은 오래되어서 보수할 데가 많았다. 실내는 차차 개선한다 해도, 당장 관리가 시급한 곳은 화단에 무성하게 자란 식물이었다. 전 주인이 심은 허브가 관리 소홀로 흉하게 방치되어 있었다. 미관상 어수선한 것은 둘째 치고, 향이 더 문제였다. 바람이 불면 낯선 냄새가 집 안으로 밀려 들어 왔다. 창문을 닫고 살 수는 없으니, 풀을 없애기로 했다.

폴리나를 처음 만난 날은 일요일로, 나는 마당에 쭈그리고 앉아 허브를 뽑고 있었다. 등 뒤에서 인기척을 느끼고 고개를 들었더니, 이웃 할머니가 인사를 건넸다. 그녀는 흙을 갈아엎는 나를 보며 이 집에 살던 안주인은 이곳에 요리용 허브를 키웠는데, 나에게는 소용이 닿지 않는 식물이냐고 물었다. 꽃밭을 계획 중이라 일단 흙으로 되돌려 놓는다고 둘러댔다. 폴리나라고 자신을 소개한 그녀는 화초 이야기를 잠깐 하더니 동네 소식을 들려주었다.

우리가 이사 오기 전, 이곳에는 방글라데시에서 온 가족이 살았다. 전년도에 남편이 고국에 다녀오더니, 폭탄선언을 했다. 고향에서 둘째 부인을 얻었고, 곧 미국으로 초청할 것이라고 한 것이다. 이 집에 살던 아내는 이혼을 원했고, 집을 판 돈으로 각자 새로운 거처를 마련했다. 이 말을 듣고 나니 부동산에서 있었던 일이 떠 올랐다. 잔금 치르는 날, 사무실에서 처음 매도자를 만났다. 부부 공동명의 집이었는데, 아내는 미리 공증인 앞에서 서명했다며 오지 않았다. 종이를 넘기면서 다 읽었다는 표시로 여기저기에 머리글자를 쓰고 서명하던 남자 매도인은 작성하다가 갑자기 펜을 내려놓고 종이를 멀찌감치 밀어놓았다. 그러고는 눈물을 뚝뚝 흘렸다. "내 집을 다시 찾겠어. 꼭 그렇게 하고 말겠어." 회의실에 있는 사람들이 들으라는 듯이, 강한 어조로 말했다. 양쪽 부동산 중개인과 우리 부부는 당황했고 서류 작성은 잠시 중단했다. 밖에 나가 감정을 추스르고 돌아온 매도자는 나머지 서명을 마친 후 자리를 떴다. 집을 보러 갔을 때, 내부가 어수선하고 생기가 없었다. 자세한 내막은 알지 못했지만, 집 관리 상태와 매도인의 울음을 보고 힘든 일이 있었구나 추측해 볼 뿐이었다.

폴리나의 이야기를 듣고 이 집에 살며 허브를 키우던 여자를 머릿속에 그려보았다. 배우자가 다른 부인을 데려오겠다는 통보를 받은 사람 속은 어땠겠는가? 텃밭을 정리하며, 이 집에 살던 가족이 어려운 시기를 잘 추스르고 새출발 하길 바랐다.

리모델링도 가족사진 찍기도 재밌게

폴리나와 인사를 나누고 바로 친하게 지내지는 않았다. 주차장이나 집 앞에서 담소를 나누는 정도지, 서로의 집을 왕래하는 사이는 아니었다. 이 관계가 바뀐 계기는 리모델링 열풍 덕이다. 그즈음 폴리나의 집은 대대적인 보수 공사를 했다. 당시에는 부동산 가격이 상승세라 집을 고쳐 높은 가격으로 파는 게 성행했다. 남편과 나는 폴리나와 프랭크가 집을 수리한 후 좋은 가격에 팔고 이사를 할 모양이라고 예상했다. 짐을 방 한 칸으로 몰고, 카펫을 마루로 바꾸고, 페인트를 칠하고, 전등과 주방 캐비닛을 교체했다. 이웃집 리모델링 프로젝트를 지켜보며 폴리나 부부와 그녀의 딸 부부, 비전문가 네 명이 모든 일을 직접 했다는 사실에 놀랐다.

공사가 끝날 무렵이었다. 남편과 나는 길에서 그 집 안을 들여다보다가 가구가 없는 거실 바닥에 앉아 물을 마시고 있던 폴리나와 눈이 마주쳤다. 우리도 곧 태어날 아기를 위해 서재를 아기방으로 바꿀 계획을 하던 차라, 이웃집 공사 과정이 궁금했다. 장비가 어수선하게 널려있을 때는 물어볼 엄두를 내지 못하다가, 완성한 모습을 보니 구경하고 싶었다. 폴리나의 딸이 현관에 나타나더니 말했다. "잡아먹지 않을 테니 들어와요. 리모델링이 거의 끝났으니 둘러봐도 좋아요." 그녀는 공사 과정을 친절하게 설명해 주고 질문에 답해주었다. 우리가 페인트를 칠할 거라고 말하자 그녀는 초보자도 충분히 할 수 있다며 격려해 주었다. 집을 둘러보고 나서 친해졌다고 느꼈던지 남편은 그전까지 폴리나와 '하이', '바이'만 하다가 조금씩 대화하는 관계로 바뀌었다.

언젠가 폴리나가 액자를 보여주었다. 미국 전역에 흩어져 사는 수십 명의 가족이 한자리에 모였을 때 기념 촬영한 장면이었다. 사진 속 폴리나는 중앙에 서 있었는데, 자신을 붕어빵처럼 닮은 손자를 품에 안고 흐뭇한 표정을 짓고 있었다. 드레스코드를 미리 정해 놓아서 사진 속 사람들은 모두 흰 티셔츠에 황색 바지를 입고 있었다. 규모로 보나 결속력으로 보나 대단한 가족이었다. 그로부터 몇 년 후, 아버지 생신 파티에서 가족들과 단체 사진을 찍게 되었다. 폴리나의

아이디어를 본떠 우리도 청바지에 흰 상의를 맞춰 입고 기
념사진을 남겼다.

이 정도는 병원에 안 가도 괜찮아

한번은 긴급하게 폴리나의 도움을 청한 일이 있다. 나는
샤워 중이었고 남편이 아기를 보고 있었다. 목을 가누지 못
하는 신생아가 부담스러웠던 남편은 집안에서도 아기띠를
사용했는데 아기를 가슴에 달고 이런저런 일을 많이 했다.
기동력이 없는 아기가 어른 품에 매달려서 자신을 위험에
빠트릴 상황이 얼마나 있겠냐고 생각했을 것이다. 그날 남
편은 아기띠를 매고 면도했다. 한데 거울을 보느라 잠시 면
도를 멈춘 사이, 아기가 손을 뻗어 면도날을 만졌다. 순식간
에 손가락에서 피가 흘렀다. 2층에서 씻고 있던 나는 다급한
목소리를 듣지 못했고 남편은 수건으로 피 나는 손을 감싼
후 폴리나의 집으로 뛰어갔다. 그녀는 수건으로 지혈하길
정말 잘했다며 피가 완전히 멎으면 소독하고 밴드를 붙여주
라고 하였다. 병원에 갈 필요는 없으며 아기가 빨아먹지 않

게 손 싸개를 해주라는 말도 덧붙였다.

잠시 후 화장실에서 나온 나는 면도를 하다 멈춘 남편의 얼굴과 아기 손을 싸고 있는 피 묻은 수건을 보았다. 놀란 표정을 한 나에게 남편은 덤덤하게 폴리나의 말을 전해주었다. 아기에게 손 싸개를 씌워놓고 남편의 행동에 대해 생각해 봤다. 아기의 활동 범위를 과소평가하고 면도를 한 점이나, 폴리나에게 뛰어간 점이나 놀랍긴 마찬가지였다. 어쩌면 그날 폴리나가 돌보아준 대상은 아기가 아니라 초보 아빠였는지도 모른다. 육아가 서툰 이에게, 아이를 키워본 베테랑 부모이자 간호사인 이웃 할머니의 한마디는 든든한 동아줄이었다.

엄마도 쉼이 필요해

첫째가 6개월쯤 되었을 무렵이다. 집 앞에서 폴리나를 마주쳤는데, 아기가 밤에 잠을 잘 자느냐고 물었다. 두세 시간마다 깬다고 하였더니, 폴리나가 이렇게 말했다.

"아기를 잘 키우려면 부모가 숙면하고 건강해야 해요. 이 기회에 분리 수면 훈련을 고려해 봐요. 요즘엔 애착 이론이 많이 나오긴 하지만, 글쎄… 분리 수면에 잘 적응하면 아기도 엄마도 괜찮아질 거예요."

'아기에게 좋은 것은 이런 것입니다'라는 말을 주로 듣다가 '엄마 자신을 돌보라'는 조언이 가슴에 와닿았다. 곧바로 분리 수면을 시도하진 않았지만, 그때부터 자료를 찾아서 읽어보고 마음의 준비를 했다. 아기가 돌이 되었을 무렵부터는 아기는 아기방에서, 어른은 어른 방에서 잠을 잤다. 분리 수면에 성공하고 폴리나에게 이야기했더니, 그녀는 정말 잘했다며 제 일처럼 기뻐해 주었다. 엄마가 충분히 휴식해야 육아를 잘할 수 있다고 강조했던 이웃 덕분에, 몇 년 뒤 둘째를 키울 때는 더 일찍 분리 수면을 시작할 수 있었다.

그녀를 처음 만났을 때는 입이 가볍고 소문내기 좋아하는 사람이 아닌가 오해했는데, 겪어볼수록 친절하고 이타적인 사람이었다. 그녀는 몰랐겠지만 나는 일하는 할머니로서 폴리나를 칭송했다. 병원 근무로 바빴을 텐데, 한결같이 손톱 관리를 하는 점이 멋있었고, 요리에 취미가 없는 사람은 다른 사람이 요리해 놓은 것을 사면 된다며, 마트 표 완제품을 쟁여놓고 도시락을 싸는 모습도 신선했다. 간호사이자 선배 어머니로서 육아 조언을 준 점도 정말 감사했다. 곧 집을 팔 것처럼 수리하던 폴리나는 계속 그곳에 살았고, 몇 년 후 나는 직장과 더 가까운 곳으로 이사하면서 그 동네를 떠나게 되었다.

똑똑하고 겸손한 수잔

운명과 우연과 호의로 엮인 뜻밖의 만남

수잔 Susan에 관해 이야기하려면 그녀의 남편인 존 John을 빼놓을 수 없다. 도서관에서 학술 자료를 검색하던 중 존의 논문을 발견했고, 궁금한 점이 있어 이메일로 질문을 보냈다. 그런데 뜻밖에 집으로 초대를 받았다. 학교나 기관에 속한 주소가 아니어서 은퇴했을 거라 예상은 하고 있었다. 미국 땅이 얼마나 넓은지를 고려하면, 집에서 이메일 문의 사항을 논하자는 이야기는 농담에 가깝다. 워싱턴 디시에서 근무했던 존은 퇴직 후 수도권에 살았고, 마침 나와 같은 카운티(구)에 살고 있었다. 나는 그의 호의를 받아들여 집으로 찾아갔다.

존은 국가 데이터를 다루는 연방정부 소속 심리학자로 재직하다 정년을 마치고 컨설턴트로 활동하고 있었다. 신진 연구자를 육성하고 논문을 발표하며 왕성한 활동을 하는 전문가로 당시 나이가 70대 중반이였다. 그의 집에서 수잔을 처음 만났다. 수잔과 나는 현관에서 간단한 인사를 나누었는데, 존과 내가 서재에서 토론할 동안 수잔은 옆에 있지 않았다.

논문을 쓰는 동안 종종 그의 집을 방문했다. 존에게 논문 일부를 이메일로 보내면 피드백을 해주었다. 존은 시간적 여유가 있었고 나는 가까이에 살았기에 이런 만남이 가능했다. 회의 장소가 집이라 자연스럽게 수잔과도 가까워졌다. 하루는 마당에 있는 파라솔에 앉아 이야기를 나누었는데, 수잔이 동석했다. 그녀에게도 해당하는 내용이니 내가 진행 중인 고령자 연구에 추임새를 넣을 만도 한데, 수잔은 질문받은 때가 아니고서는 토의에 끼어들지 않았다. 직장에서 오랫동안 관리자였음을 알고 있었기에, 지지의 눈빛을 보내면서도 나서지 않는 그녀의 절제력이 대단하다고 느꼈다.

공감은 우아하게

미팅을 마치고 일어나는데 수잔이 집으로 가냐고 물었다.

나는 어린이집에 들러 첫째를 데리고 집에 갈 계획이었다. 자연스럽게 두 살배기 아들을 화제로 삼았다. 며칠 전 아이 반에 새로 온 친구가 있었는데, 보호자가 그 친구를 데려다 주고 떠나자, 문가에서 서럽게 울었다고 한다. 이를 본 아들이 잠시 하던 놀이를 멈추고 신입생에게 다가가 "It's okay. It's okay."라고 말하면서 꼭 안아주었다는 것이다. 어린이집 선생님은 알림장에다 쓰는 대신 직접 말해주고 싶었다며 이야기를 들려주었다. 수잔은 내가 말을 마칠때까지 기다렸다가, 기도하듯 두 손을 턱 앞에 모으며 감동한 표정으로 말했다. "이런 성품은 어린이집에서 가르쳐 준 거라고 할 수 없지. 아이 자체가 그런 거지. 네가 정말 잘했네."라고 하였다.

　말할 사람도 딱히 없었지만, 나는 어린아이를 키우는 또래 부모에게 육아 이야기를 꺼내지 않았다. 위의 일화도 아들의 따뜻한 행동이 아니라, 분리불안에 우는 신입생의 딱한 처지에 동조하는 대화로 끝날 것이라고 넘겨짚었다. 그런데 수잔에게는 말해도 좋을 것 같았다. 어디 가는 길이냐는 간단한 질문이 도화선이었다. 그녀가 잘 들어주는 사람이라는 점, 지적하지 않는다는 점, 이런 과정을 다 겪어서 알고 있을 거라는 점이 나를 안심시켰다. 뭘 해도 피곤한 엄마의 삶에 공감해 주고 우아한 표현으로 아이를 칭찬하는데 눈물이 핑 돌았다. 정말 잘했다 You did good는 그녀의 말은 한동안 내 안에 남았다.

준비는 세심하게

어느 여름날 수잔과 존의 집에서 하는 바비큐 파티에 갔다. 가족 모두가 초대받은 자리여서, 조심스러웠다. 한 해 전, 지인의 집에서 겪었던 일 때문이다. 여러 가정이 모인 연말 파티였는데, 돌이 지난 아들이 호스트 가정의 크리스마스 장식을 움켜쥐어 산산조각 냈다. 아기 악력으로 부서질 만큼 크리스마스트리 볼이 얇은 물건인지 그날 알았다. 유리 파편이 얼굴에 튄 것은 물론이고 카펫 구석구석에 조각이 박혀 당황했다. 이번 모임은 여름이라 트리 장식은 없겠지만 새로운 공간에는 아기의 호기심을 자극할 물건이 많이 있다. 아이가 사고를 칠까 부담스러우면서도 파티에 가고 싶었던 나는 전략을 세웠다. 음식, 분위기, 친목을 다 즐길 수 없다면 하나는 해결하고 간다는 생각으로 집에서 밥을 먹고 떠났다. 존과 수잔의 집에 도착해서 그날 아기와 내가 어디를 근거지로 활동할지 둘러보았다. 놀랍게도 거실에 있던 각종 소품이 말끔히 치워있었다. 아이가 다칠 수 있는 물건, 만지면 파손될 수 있는 물건, 건드려 쓰러질만한 것은 높은 선반 위로 옮겨두었다. 수잔의 손길이었다. 이날 아이는 마음껏 놀다가 신기한 물건을 손가락으로 가리키면 어른들 품에 안겨 관람하는 호사를 누렸다.

사회생활은 똑똑하고 겸손하게

이날 화제는 나의 취직이었다. 졸업하던 해에 노년학자들이 모이는 학회에 참석했다가 존의 소개로 한 사람을 만났다. 그는 내가 논문에 사용한 연방정부 데이터를 구축한 연구회사의 간부였다. 대화를 마무리할 무렵 그는 나에게 사무실로 한번 찾아오라고 했다. 며칠 후 이메일로 방문 날짜를 조율하다가, 그는 연구소에서 채용 공고가 진행 중이니,

관심 있으면 지원하고 면접을 보는 게 좋겠다고 했다. 얼마 후 그가 나의 상사가 되었다. 미국에서는 입사지원자의 평판 조회를 하는 일이 많은데, 존이 나에 대해 좋게 이야기해 주었을 것이라고 짐작한다. 논문 심사위원이었던 존의 도움으로 네트워킹 기회를 얻었고 그 인연으로 직장을 구했으니, 존과 수잔이 관심을 두고 있을 터였다. 수잔이 나에게 회사 생활이 어떤지, 힘든 점은 없는지 물었다. 나는 희한한 점이 있다며 말을 꺼냈다.

"회의하다 보면 그 업무를 잘 알지 못하는 사람이 말을 많이 하거나, 필요 이상으로 아는 체를 하는 모습을 자주 봐요. 똑똑하면 잘난 체를 하기 마련일까요? 잘 아는 것 같지 않은데 어쩜 그렇게 발언을 많이 하는지 모르겠어요. 제가 겸손함을 미덕으로 아는 문화에서 와서 저한테만 이런 현상이 거북하게 느껴지는 걸 수도 있겠지요." 수잔은 내 이야기를 듣고 빙그레 웃으며 말했다.

"똑똑하지 못하면서 잘난 척하는 건 별로지. 사람들이 좋아하지 않아. 똑똑하고 잘난 척하는 건 중간 정도 가지. 잘난 척이 좀 거슬려도 똑똑한 사람은 직장에서 쓸모가 있거

든. 그런데 제일 좋은 거는 말이지. 똑똑하면서 겸손한 거야. 너는 똑똑하면서 겸손한 사람이 되면 좋겠어. 그러면 안 된다는 법이 어디에도 없거든. There is nothing wrong with being smart and humble."

　나는 솔직하고 내공 있는 조언을 하는 수잔이 좋았다. 능력은 있는데 잘난 척이 심해서 오만한 사람을 만나면, 딱 중간 정도구나 하며 불쾌감을 눌렀고, 한없이 겸손하기만 한 사람을 만나면 똑똑함을 장착해 더 자신감 있는 사람이 되기를 기원했다. 어느 날은 똑똑해지려고 고생을 사서하고, 어느 날은 겸손해지려고 애를 쓰다가 '사회생활을 이만큼 했는데, 이제는 두 성질이 조화롭게 균형을 맞춘 지점에 있어야 하는 거 아닌가?'라며 반성했다. 수잔의 말이 나에게 와닿던 이유는 그가 말과 행동이 일치하는 사람이었기 때문이다. 그녀를 만나고 나서 똑똑하면서 겸손한 직업인이 되는 것은 내가 지향하는 태도 중 하나가 되었다.

먼저 손을 내미는 메리 루이스

그 손을 잡고 이사와 정착을

남편의 이직으로 우리 가족은 첫째가 네 살, 둘째가 한 살 때, 버지니아주로 이사했다. 9월 개강이니, 8월에는 집 정리를 마쳐야 했다. 그해 여름, 차로 네 시간 거리인 도시에 집을 구하러 다녔다. 이사 갈 동네에서 밥 Bob과 메리 루이스 Mary Lewis를 만났다. 밥은 남편의 직장 동료로, 학과장이자 지역의 터줏대감이었다. 우리가 주말마다 버지니아로 내려와 집을 본다는 소식을 듣고, 자기 집에 아이들을 맡기고 돌아보는 게 어떻겠냐고 했다. 처음 만나는 사람에게 아이를 부탁하기 어려워 거절했지만, 집 구경도 할 겸 차 마시자는 초대에 응하기로 했다.

가족들이 마당에서 노는 동안 나는 메리 루이스와 시간을 보냈다. 육십 대 중반인 그녀는 배려심이 많고 상냥한 사람이었다. 수십 년간 그 동네에 살면서 대학교와 관련된 모임을 도왔다. 밥이 학생들을 가르치고 학과 일을 맡았다면, 메리 루이스는 자원봉사자로 지역사회 구성원을 챙겼다. 이번에도 동료 가족이 잘 정착할 수 있도록 도와주려는 뜻에서 우리를 불렀을 것이다.

자녀를 키운 지 오래된 그녀가 알지 의문이었지만 나에게 당장 필요한 게 보육 서비스였기에 물어보기로 했다. 메리 루이스는 내가 직장에 다니고 있지 않다면, 첫째에게는 일주일에 세 번 하는 교회 부설 유치원이 좋을 것이라고 하였다. 이곳은 3~5세를 위한 유치원인데, 어머니 대부분이 학교에서 봉사하고 있어서 학부모 교류가 왕성하다고 하였다. 아이뿐만 아니라 나도 친구를 사귈 기회라니 솔깃했지만, 우리가 찾는 곳은 아니었다. 나는 이사 한 후에도 재택근무로 전환하여 직장을 계속 다니기로 한 상태였다. 아이들과 집에 있으면서 회사 업무를 차질 없이 수행하기란 불가능하기에, 첫째와 둘째 모두 돌봄이 필요했다. 내가 종일반 프로그램을 찾는다고 하자 그녀는 밥이 근무하는 대학교 부설 어린이집과 유치원을 추천했다. 선생님과 시설이 훌륭하여 평판이 좋은데, 대기자가 많은 게 흠이라고 하였다. 집에 돌아오자마자 신청을 하였는데, 신학기를 앞두고 이사하는 사람들이 있어서 등록할 수 있었다. 아이들이 즐겁게 지내고 부모가 안심할 수 있는 보육 기관을 만나는 것은 집 찾는 것 못지않게 중요한 일인데, 메리 루이스 덕분에 큰 숙제를 해결했다.

할 수 있는 만큼만 현명하게

어린이집 정보를 알려줄 때부터 감을 잡긴 했지만, 메리 루이스는 베테랑 할머니였다. 그녀는 차에 카시트 두 개를 설치하고 일주일에 한 번, 손녀의 하원 시간에 맞추어 유치원으로 데리러 갔다. 외할머니가 육아 당번인 날, 메리 루이스의 딸과 사위는 저녁 시간을 자유롭게 썼다. 문화생활을 하거나 친구를 만나고 9시쯤 아이들을 만나러 갔다. 그녀는 주 중 하룻저녁 손녀들과 함께하는 시간을 손꼽아 기다렸다. 과하지도, 부족하지도 않은 적당함이 이런 걸까? 내게는 메리 루이스의 할머니 역할이 희생으로 비치지 않았다. 어머니가 할 수 있는 만큼, 자녀가 필요한 때에, 도움을 주고받

기로 사전 약속함으로써 합리적으로 육아에 참여하는 그녀의 현명함이 오랫동안 기억에 남았다.

이사하고 얼마 후 메리 루이스와 점심을 먹었다. 이날 화두는 자원봉사였다. 그녀는 매년 지역에서 열리는 달리기 대회의 운영위원 중 한 명이었다. 예전에는 달리기에도 참여했지만, 지금은 행사 준비만 돕는다고 하였다. 동네잔치 같은 행사이니 관심 있으면 아이들과 같이 신청해 보라고 하였다. 첫해에는 구경만 하고 이듬해에 참가했는데, 참가자들이 대학 인근 주택가를 돌며 짧은 코스를 완주하는 동안 동네 주민들이 집 앞에서 응원하는 모습이 정겨웠다. 그녀의 봉사활동은 달리기 대회에서 끝나지 않았다. 시립도서관의 열혈 봉사자로, 책 읽어주기와 기금마련 행사에도 관여했다. 도서관에서 종종 그녀와 마주쳤는데, 다른 봉사자들과 친하게 지내는 모습이 보기 좋았다. 왜 이날 자원봉사 이야기를 하게 되었을까? 그녀가 나에게 봉사를 권한 적은 없지만, 사람들과 자연스럽게 어울리는 방법으로 봉사활동만큼 좋은 것이 없다는 말을 전한 것이라는 생각이 든다.

노폭 Norfolk 비공식 환영위원회

그날 우리가 만난 장소는 집 근처에 있는 가게였다. 샌드위치, 샐러드, 수프 같은 점심 메뉴에 볶은 땅콩, 캐러멜 같은 지역 특산물을 팔았다. 마음에 쏙 들어서 가족들하고 다시 와야겠다고 했더니, 메리 루이스는 내 취향을 알았다며 로컬이 좋아하는 맛집을 몇 군데 더 알려주었다. 커스터드 크림이 유명한 아이스크림집, 치즈버거가 맛있는 드라이브 스루 햄버거집 등 그녀의 맛집 리스트는 격식을 차리지 않고 아이들과 편하게 갈 수 있는 곳이라 유용했다. 이야기 주제가 어디에서 무엇을 파는지로 넘어가니 대화가 풍성해졌다. 아이들 생일잔치에 초대받았을 때 선물 사기 적당한 가게, 좋은 물건을 건질 수 있는 벼룩시장, 계절마다 장소가 바뀌는 농산물 직거래 장터 일정 같은 것도 그녀를 통해 알게 되었다. 심심하고 별일 아닌 소식을 어찌나 정답게 설명해 주는지, 메리 루이스를 통해 듣는 이 동네는 매력적이었다.

이사 후 반년 동안 궁금한 것이 있으면 메리 루이스에게 전화를 걸었다. 그녀는 타인에게 선뜻 손을 내미는 사람이었는데, 상대방이 망설이지 않고 손을 잡게 하는 능력이 있었다. 물어보는 질문마다 그녀는 도움이 될 만한 정보를 알고 있었고, 본인이 알지 못하면 찾아서 알려주었다. 가족도 친구도 없는 동네에 이런 사람이 옆에 있으면 얼마나 든든한지! 얼마 전 조지수의 소설 『나스타샤』(베아르피, 2008)를 읽다가 웰컴 커미티 Welcome Committee에 대한 설명을 발견했다.

"그녀는 "Welcome Wagon"이라고 쓰인 카드를 먼저 꺼냈다. 그리고 여러 개의 카드를 차례로 꺼냈다. 재화와 호사와 기쁨과 감동의 세례였다. 오일 교환권 한 장, 3파운드 그라운드 비프 교환권 한 장, 존슨 앤 존슨 크림 두 통, 동네 미용실 사용권 두 장 등등. 그리고 이어서 나온 것은 더욱 감동적인 것이었다. 전화번호부였다. 30페이지쯤 될까. 거기에는 '같이 아침식사할 수 있는 모임', '컬링 클럽 가입신청 전화번호', '같이 커피 마실 수 있는 모임' 등과 동네의 자세한 지도가 들어 있었다. 그들은 새로운 사람을 그들 사회의 일부로 받아들이고자 애쓰고

있었다." (98쪽)

책에 등장하는 마을에는 웰컴 커미티가 진짜 있었겠지만, 메리 루이스는 홀로 비공식 환영위원회를 운영하는 셈이었다. 지도를 건네는 대신, 함께 동네를 걸으며 안내자가 돼 주었다. 한번은 대학 캠퍼스를 가로질러 길 건너편에 있는 공연장으로 가는 길이었다. 우리는 학생회관 건물로 사용 중인 큰 건물을 등지고 서 있었는데, 갑자기 메리 루이스가 몸을 돌리더니 건물을 가리키며 말했다. "이 건물은 나의 아버지 이름을 따서 만든 거예요." 메리 루이스는 이 사실을 학교 안내의 일부인 양 자연스럽게 언급했는데 그 모습에서 으스댐이라고는 찾아볼 수 없었다. 그녀는 결혼 후 밥의 성(姓)을 따랐고, 나도 그 이름으로 소개받았기에 미혼일 때의 이름은 몰랐다. 이야기를 종합해 보니 그녀는 이 대학의 초대 총장이자, 작은 학교를 규모 있는 주립대학교로 키우는데 평생을 바친 리더의 딸이었다. 부모님 세대부터 가족 전체가 이 대학과 고장의 발전을 위해 헌신한 사람들이었다. 이제야 이해가 갔다. 지역사회에 대한 그녀의 애정은, 남편의 일터를 아껴야지 하는 수준을 뛰어넘는 것이었다. 진짜 터줏대감은 밥이 아니라 메리 루이스였고, 그녀의 흔적을 마을 곳곳에서 찾아볼 수 있었다. 메리 루이스는 자신이 성장하고 정착한 동네에서, 노블레스 오블리주를 실천했다.

이웃에 손 내미는 법

세어보니 결혼 후 이사한 횟수가 아홉 번이다. 메리 루이스는 미국에서 마지막으로 살던 동네에서 만난 이웃인데, 그녀 같은 마당발은 이전에도 이후에도 만나지 못했다. 그녀가 나에게 보여준 호의를 기억하며, 누가 우리 동네로 이사 온다고 하면 도와줄 게 있는지 묻는다. 궁금한 것 있으면 편하게 전화하라고 한다. 사람을 소개해 주고 장소를 찾아주는 앱이 있어도, 아는 사람에게 물어보고 싶은 게 있기 마련이다. 신기하게도 사람들이 궁금해하는 점이 비슷비슷하다. 추천할 만한 치과 좀 알려주세요, 블라인드나 커튼 업체는 어디가 좋은가요? 방문 지도가 가능한 피아노 선생님 혹시 아나요? 정육점은 어디가 좋아요? 등이다. 알고 있는 정보를 나누는 것이 대단한 일도 아닌데, 사람들은 고마워한다. 나는 우리 동네가 마음에 든다는 말을 들으면 내가 칭찬받은 것같이 기쁘다.

나의 책 『B컷 일지: 잡지사 프리랜서 기자의 글쓰기 비법 노트』(월간토마토, 2021)가 나온 후 지인에게 책을 선물했다. 취재 지역이 대전이라 자연스럽게 내가 사는 도시의 공간이 등장했다. 독자들은 대전 곳곳에 놓인 징검다리, 국립대전숲체원, 대전 원도심 도보여행, 화분병원에 관한 글을 통해 뜻밖의 장소를 알게 되었다는 소감을 전했다. 대전 밖 사람들은 '대전=노잼도시'라는 공식은 무효라는 말을 전했다. 책을 읽고 대전에 관심이 생겼다는 사람, 글 속에 나온 장소에 가봐야겠다는 사람이 있으면 뿌듯했다. 메리 루이스가 이웃으로, 자원봉사자로, 성숙한 시민으로 사람들에게 정성을 다한 것처럼, 나도 글을 통해 내가 사는 곳에 대한 흥미로운 소식을 전한다. 방식은 다르지만, 방향은 비슷하게, 메리 루이스한테 배운 손 내미는 방법을 실천하는 중이다.

발명왕 아이리스와 땅콩 할머니

노인을 위한 운전 자원봉사

네이버라이드 NeighborRide 라는 비영리 기관의 자원봉사자로 활동할 때의 일이다. 이동 수단이 필요한 고령자가 이곳에 연락하면 봉사자는 자신의 차로 승객을 목적지까지 데려다준다. 이용자는 소정의 비용을 내는데, 택시비보다 저렴하고 훈련받은 봉사자의 도움을 받을 수 있어 인기가 많다. 나는 네이버라이드 설립에 관여했고, 자원봉사자로 활동 중인 존의 소개로 이 단체를 알게 되었다. 고령자의 교통 접근성이 나의 논문 주제였기 때문에 운전 면허증을 반납한 노인을 만날 기회이자 지역사회를 위한 봉사 기회에 흥미를 느꼈다. 아이를 차에 태우고 참여할 수 있단 점도 마음에 들었다.

네이버라이드 코디네이터는 봉사자와 이용자를 연결하고 이메일로 간단한 이동 정보를 알려준다. 봉사자는 차에서 내릴 때 부축이 필요한지, 목적지에서 짐을 들어주길 희망하는지 같은 이용자 관련 설명을 전달받는다. 이용자는 어떤 봉사자가 무슨 차를 타고 데리러 올 것인지 안내받는다.

이 프로그램의 이용자는 시력 저하, 관절염 등 건강 악화로 운전을 중단한 사람들이다. 내가 만났던 한 사람은 자신이 타던 차를 처분한 후 받은 목돈을 네이버라이드에 기부할 정도로 애정을 보였다. 사람들은 병원 방문, 장보기, 종교행사 참석, 미용실 이용 등 다양한 목적으로 서비스를 신청했다. 이용자 중 다수가 외출 계획을 세울 때부터 봉사자가 자신을 데리러 올 수 있는지 확인하고 약속을 정했다. 치과 예약 전에 이곳에 전화해서 교통편을 확보한 뒤에 병원 일정을 잡는 식이다. 운전 자원봉사를 하며 외출하고 싶어도 즉흥적으로 추진하지 않고, 차근차근 움직일 방법을 찾는 노인들을 만났다.

아이리스가 비닐을 깔면

자원봉사를 하기로 한 어느 날 일정대로 이용자를 데리러 갔다. 만나기로 한 사람은 80대 중반의 아이리스 Iris였다. 그녀는 내가 오는지 창문으로 보고 있다가 지팡이를 짚고 천천히 걸어 나왔다. 나는 운전석에서 내려 인사를 한 후 운전자 옆 좌석을 열어주었다. 아이리스는 지팡이를 내려놓고, 차체에 기대어 주머니에서 무언가를 주섬주섬 꺼냈다. 손바닥만 하게 접은 비닐봉지였다. 그러고는 천천히 비닐을 펼쳐 방석처럼 깔고, 그 위에 앉았다.

목적지에 도착할 때까지, 십여 분 동안 우리는 뒷좌석에 타 있는 아기 이야기로 대화가 끊길 새가 없었다. 아이리스는 오랜만에 아기를 만나서 기쁘다며, 치과에 간다는 사실만 빼면 행운의 날이라고 했다. 봉사활동 전에 내가 받은 이메일에 따르면 그녀는 혼자 승하차할 수 있다고 했다. 도움을 요청하지 않은 사람은 혼자 하도록 기다리는 게 원칙이어서, 나는 문을 열어주고 아이리스가 차에서 내릴 때까지 서 있었다. 그녀는 의자에서 천천히 등을 떼고 차 밖을 향해 90도로 몸을 돌려 오른 다리로 땅을 디딘후 양손으로 왼 허벅지를 들어서 오른 다리 옆으로 옮겼다. 두 다리로 땅을 밟은 뒤, 지팡이를 짚고 자리에서 일어났다. 마지막으로 의자에 있는 비닐을 주머니에 넣었다.

한 시간 후 아이리스를 데리러 갔다. 그녀는 이번에도 비닐을 펼치고 자리에 앉았다. '혹시, 내 차가 더럽다고 생각하나?', '차에 뭐가 묻을까 봐서 그러나?' 아까부터 궁금했기에 물어보기로 했다. 내 질문을 들은 아이리스는 이렇게 답했다. "다른 사람의 차를 타보니까, 어떤 차는 잘 미끄러져 일어나기가 쉬운데, 어떤 차는 그렇지 않더라고요. 비닐이나 가죽 재질의 자동차 시트는 괜찮고, 천으로 된 시트는 마찰이 있는 것 같아요. 이렇게 옷이랑 시트 사이에 비닐을 깔면 일어날 때 좋아요." 여러 봉사자의 차를 타보고 하차에 어려움을 겪었던 아이리스는, 비닐봉지를 휴대용 깔개로 가지고 다니게 되었다. 외출할 때 최대한 독립적으로 행동하고자 애쓰는 그녀가 오랫동안 기억에 남았다.

이웃 할머니의 생땅콩

아이리스가 비닐봉지의 새 용도를 찾았다면, 지금 사는 동네의 이웃 할머니는 차원이 다른 재사용 달인이다. 우리 가족은 그녀를 땅콩 할머니라고 부른다.

   몇 해 전 햇빛이 좋은 어느 가을 날 오후, 할머니는 아파트 1층에 천을 깔고 땅콩을 널었다. 농사지은 땅콩을 본 적이 없었던 나는 적당한 거리에서 구경하기로 했다. 쪼그리고 땅콩을 얇게 펼치던 그녀는 나에게 다가오라는 손짓을 했다. 할머니는 당신이 직접 재배하여 그날 캔 작물인데 볕 좋을 때 말리는 중이라고 하였다. 할머니는 내게 물었다. "생땅콩 먹어 봤어? 삶아 먹으면 얼마나 맛있다고. 아주 별미야." 땅콩을 말린 후에는 볶아 먹고, 갓 수확했을 때는 삶아 먹는 거라는 할머니 목소리에 자부심이 묻어났다. 어떤 맛인지 궁금하다고 했더니 땅콩을 좀 가져가라고 했다. 할머니는 내가 들고 있던 스테인리스 바가지를 내놓아보라고 하였다. 나는 당황하여 등 뒤로 그릇을 감추었다. 지금은 비어있지만 방금까지 음식물 쓰레기를 담아두었던 통이었다. 용기가 마땅치 않으니, 한 움큼만 손에 주시라는 나의 말에 할머니는 계속 그릇을 내놓으라고 하였다. "음식물 쓰레기로 내

93

버리기 전에는 거기 있던 것도 다 음식이었어. 이 땅콩도 방금까지 흙에 있던 걸 캐서 씻으니까 먹을 만하게 된 거지. 그냥 이 통에 담고 집에 가서 삶기 전에 한 번 씻으면 돼." 맛 볼 수 있게 조금만 주시라는 나의 의견은 아랑곳하지 않고, 할머니는 수북하게 생땅콩을 담았다.

음식물 쓰레기는 음식이었다

조리법은 간단했다. "냄비에 물을 채우고 소금 약간 넣고 삶아. 너무 무르면 맛없으니까 적당히 삶아야 해." 몇 분 정도 가열해야 할지 몰라서, 끓은 다음부터 하나씩 꺼내 먹어 보았다. 첫 땅콩은 사각거리더니 몇 번 더 건져 먹는 동안 딱 알맞다 싶을 정도가 되었다. 물에 젖은 꼬투리는 손으로 비튼 다음 바나나 껍질 벗기듯 제거하고 땅콩 속껍질째 먹었다. 고소하고 담백한 맛이었다. 땅콩을 먹으면서 철마다 작물을 심고 때맞추어 수확하는 수고와 정성, 처음 보는 사람과 땅콩을 나누는 인심, 쓰레기통을 본래 역할인 바가지로 보는 유연함, 음식물 쓰레기도 얼마 전까지는 다 먹거리였다는 유기적 시각에 대해 생각했다.

　얼마 후 엘리베이터에서 할머니를 만났다. 삶은 땅콩이 맛있었다고 인사하자, 할머니는 함박웃음을 지었다. 할머니에게 농사일이 힘들지 않으냐고 물었다. "힘들지. 근데 수확하는 재미가 있지. 고구마, 감자, 땅콩 이런 거 캘 때 슬슬 달려 나오면 얼마나 재밌다고." 땅콩 할머니는 올해 87세인데, 몇 년 전에 농사를 그만두었다. 나를 볼 때마다 이젠 농사를 짓지 않아서 나누어줄 땅콩이 없다고 한다. 지금의 나는 몇 년 전보다 더 먹거리의 중요성에 대해 알게 되었고, 느리게 사는 삶에 관심이 생겼기에, 오래도록 땅을 가까이한 땅콩 할머니의 부지런함과 한결같음에 존경심을 갖는다. 한번은 친구에게 딱 한 번 먹어 보았을 뿐인데 가끔 삶은 땅콩이 생각난다고 말했다. 친구는 삶은 땅콩이 괜찮았다면 생땅콩을 넣고 지은 밥도 좋아할 거라며 꼭 해보라고 했다. 올가을에는 생땅콩을 넉넉히 준비해서 땅콩 밥도 짓고 이웃 할머니에게도 드리고 싶다.

꾀돌이 할머니

아홉 손주의 할머니

　나의 어머니는 아홉 명의 손주를 두었다. 40대 후반에 조모가 되어 어느덧 20+년 차 할머니이다. 첫 손주가 태어났을 때 나는 해외에 있어서 어머니의 손주 사랑을 가까이에서 보지 못했다. 그로부터 10여 년 후, 나는 유치원생과 초등학교 저학년인 아이들을 데리고 한국에 돌아왔다. 몇 달간 한국 생활에 적응하고 직장을 잡자, 어머니가 말했다. "집집이 손주가 있는데, 어느 한 집 애들만 봐주는 것은 공평하지 않아. 그러니까 나는 아무도 봐줄 수가 없다." 우리 집과 부모님 집은 서울 안에서도 끝과 끝이었고, 나는 어머니에게 육아를 부탁할 생각이 없었기에, 갑작스러운 선언에 당황했다. 나중에 알고 보니 어머니는 나의 형제자매에게도 이 말을 자주 하였는데, 급식이 없던 시절 도시락 다섯 개를 싸며 자녀를 키운 그녀가 육아에서 은퇴했음을 강조하는 캠페인 같은 거였다. 부모가 젊을 때는 고된 줄 모르고 키우지만, 나이가 들면 아무리 사랑스러워도 체력이 부족하기에, 조부모의 양육 참여는 무리라는 것이 어머니 입장이었다. 어머니에게 손주와 관련된 행사에 초대하거나 돌봄을 부탁하면, 어떨 때는 흔쾌히 수락하고 어떨 때는 솔직하게 거절했다. 나는 그 반응을 보고 어머니가 적정선이라고 여기는 할머니로서의 영역을 조금씩 파악했다. 이를테면 그녀가 즐겨하는 활동은 손주 발표회에 참석하기, 손주 동반 가족 여행 가기 등이다. 조부모의 개입은 최소한일수록 좋다는 어머니의 방침은 일찍부터 자녀 양육의 막중한 책임이 나에게 있다는 사실을 깨우쳐주었다.

눈치 만점 할머니

여기까지 읽으면 그녀가 야박한 할머니라고 오해할 수도 있다. 어머니가 아홉 손주의 할머니로 쌓은 덕은 어마어마하게 많다. 그녀는 외국에서 태어나는 손주들 곁에 달려와주었고, 남편과 내가 동시 출장으로 동동거리던 날이면 아이들의 보호자가 되어주었다. 몇 해 전 둘째가 학교 대표로 드럼을 연주했을 때는 채 10분이 되지 않는 곡을 들으러 서울에서 대전까지 왔다. 무대에 올라간 손주 사진을 열심히 찍던 어머니는 떠나기 전에 드럼 스틱을 선물로 사주었다. 아파트에 사는 여건상 드럼이라는 악기를 갖긴 어렵겠지만, 소모품인 스틱은 개인용을 쓰면 좋겠다는 의견이었다. 나는 공동주택과 타악기는 상극이라며 아이의 욕구를 깊게 살피지 않았는데, 어머니는 손주의 눈높이에 맞는 세심함이 있었다. 둘째는 외할머니가 사준 검정 드럼 스틱을 이용하면서 팬에게 선물 받았다고 말하곤 했다.

육아 조력자를 존중하는 할머니

결혼한 이후부터 지금까지 나와 어머니는 물리적으로 멀리서 살았기에, 육아의 일상을 세세하게 공유할 기회가 없었다. 주로 전화로 가족 소식을 전했는데, 어머니는 늘 육아를 어떻게 하라는 말보다 육아 조력자와의 원만한 관계를 위해서 애써야 한다고 말했다. 두 아이를 키우는 동안 가정보육, 어린이집, 시간제 베이비시터, 입주 보모, 유치원, 이모님 등 다양한 형태의 공식, 비공식 돌봄과 인연을 맺었다. 제일 처음 도움을 받은 이는 친분이 있던 언니였다. 그녀는 가정주부로 딸 한 명을 키우고 있었는데, 자기 집으로 아이를 데리고 올 수 있으면 돌보는 일을 해보겠다고 하였다. 이렇게 시작된 인연은 첫째가 24개월이 되어 어린이집에 가기 전까지 이어졌다. 내가 이 소식을 전하자, 어머니는 이국땅에서 한국 이웃의 도움으로 아기를 키울 수 있다며 반색하였다. 어머니는 나에게 견해 차이가 있어도 그 언니에게 진심으로 깍듯하게 대하라고, 아기를 돌봐준다는 마음은 쉽게 가질 수 없는 거라고 말하였다.

"주희야, 거꾸로 생각해 보면 쉬워. 누가 너한테 '페이 이만큼 드릴 테니 아기 두 명 봐주세요.' 하면 하겠어? 못 하겠지? 돈만 생각해서는 절대 할 수 없는 직업이야. 아기를 좋아하고 적성에 맞는 사람이 할 수 있는 거야. 아침에 아기 내려주고 저녁에 데리러 갈 때 이분이 옆에 계셔서 정말 다행이라는 마음으로 매일 얼굴 본다고 생각해."

미국에서 첫째를 출산한 후 어머니가 삼 주 동안 산후조리를 도와주었다. 어머니가 떠난 후 곧 시어머니가 방문하였다. 시어머니는 한 달 정도 머물면서 손주랑 시간을 보내고 돌아간다는 계획을 세웠다. 내가 외출 중이던 어느 날, 시어머니가 다급한 목소리로 전화했다. 아기가 쿠션에 기대어 앉아 있다가 앞으로 넘어졌는데, 팔이 이상하다는 거였다. 병원에 데려갔더니 어깨가 빠졌다는 소견을 내놓았다. 의사는 큰일 아니라고 우리를 안심시키며 팔을 제자리로 돌려놓았다. 한숨 돌리고 집으로 오는데, 시어머니의 표정이 몹시 어두웠다. 그녀는 아기 돌보기가 힘들어서 안 되겠다며 한국행 비행기표 날짜를 당길 수 있나 알아봐달라고 하였다. 당신이 아기를 보는 사이에 이런 일이 난 것에 대해 큰 부담을 느낀 것이다. 나중에 이 소식을 들은 나의 어머니는 이렇게 말했다. "옛날부터 이런 말이 있어. 집에서 아기 볼래? 나가서 밭맬래? 그럼, 다 밭맨다고 그런 대. 나는 안사돈 마음 충분히 이해해. 친할머니가 자기 손주 봐주는 것도 이렇게 부담이 되는 거야. 그러니까 아기 돌봐주시는 분께 늘 고마움을 표현하고 잘 해드려야 해." 어머니의 강력한 교육 덕분에 보육 종사자에 대한 감사를 마음에 새겼고, 첫 육아 조력자였던 이웃 언니는 우리 가족의 든든한 지원군이 되었다.

센스쟁이 할머니

어머니의 아홉 손주는 미취학 어린이부터 대학생까지 폭넓게 퍼져있는데, 그녀는 손주들과 함께 할 수 있는 체험활동에 적극적으로 동참한다. 몇 해 전 추석 연휴에는 어머니, 나, 아이 둘, 이렇게 넷이 실내스포츠 테마파크에 갔다. 개업 초기 문전성시는 지나갔지만, 여전히 줄을 섰다 들어가는 때여서 일찍 집을 나섰다. 정보통인 어머니는 쇼핑몰 개장 전이라도 풋살장을 이용하는 사람들은 일찍 건물 안으로 들어온다는 정보를 입수하고, 우리를 그쪽으로 안내했다. 빠릿빠릿함의 일인자인 그녀를 따라 실내스포츠 테마파크의 첫 번째 입장 고객이 되는 기분은 묘했다. 어머니는 손자들에게 이렇게 말했다. "개장하기 전에 줄 서 있는 건 문 열 때까지만 하면 되니까 얼마나 기다릴지 예측할 수가 있어. 그런데 개장한 후에 인파 속에서 기다리면 언제 입장하는지 기약이 없잖아? 혹여나 정원이 정해져 있어서 나간 사람만큼 들어갈 수 있다고 하면, 노는 시간보다 기다리는 시간이 길거든." 아이들은 그제야 일등으로 줄을 선 이유를 깨닫게 되었다.

실내스포츠 놀이터는 모든 면에서 훌륭했다. 어머니는 손주들의 소지품을 지키는 역할에 머물지 않고, 사격, 양궁, 트램펄린 점프를 같이 했다. 그중 잊을 수 없는 활동은 소리지르기 게임이다. 샤우팅 네스트 shouting nest는 큰 소리를 낼수록 높은 점수를 받는 게임으로, 방음 부스 안으로 들어가 나팔 모양의 금속관에 대고 힘껏 소리치면 된다. 우리 중 처음으로 도전한 어머니는 젖 먹던 힘까지 짜내 화면 속 집을 와장창 무너트렸다. 높은 점수를 획득한 후 그녀는 두 손을 머리 위로 뻗어 신나게 몸을 흔들었다. "어머머! 너희 이거 한 번씩 꼭 해봐! 스트레스 완전 싹 없어져! 다 같이 소리 질러!!" 어머니의 흥 돋우기에 힘입어 차례대로 나팔 앞에 섰는데, 누구도 그녀만큼 고득점을 얻지 못했다.

몇 해 전, 어머니의 첫 번째 손주가 육군에 입대했다. 가족들은 훈련병에게 메시지를 보낼 수 있는 앱을 설치하고 응원의 편지를 쓰기로 했다. 나는 무슨 내용을 쓸지 고민하다가 명언이나 시를 적어 보냈다. 어느 날 어머니와 통화하다가 편지에 쓸 말이 궁하다고 고백했는데, 그녀는 쓸 내용이 왜 없냐며, 자신은 일주일에 몇 통씩 쓴다고 하였다. 잠시 후 어머니는 그간 손주에게 보낸 편지를 문자로 보내주었다.

"네가 태어나던 날 외할머니는 뛸 듯이 기뻤단다. 이렇게 잘 자라서 국방의 의무를 하느라고 군대에 가니 정말 훌륭하다. 앞으로 너에게 힘든 시기가 와도 잘 이겨내리라 믿는다. 씩씩하게 군 생활하는 우리 손주를 많이 사랑한다."

"지금 수고하는 너의 군대 시절은 성장기라고 생각하면 좋겠구나. 이다음에는 고생도 값진 추억으로 기억될 거야. 요즈음 너에게 편지를 쓰면서 할머니 글쓰기 실력이 는 것 같아. 네 덕분에 그럴 기회가 있으니 고맙게 생각한다."

어머니의 샘플 편지를 다 읽기 전에 또 다른 문자가 도착했다. "다시 읽어봐도 이걸 내가 썼나 싶게 잘 썼더라고. 잘 보관했다가 나중에 다른 손자들한테도 비슷하게 써야겠네." 앞으로 국방의 의무를 할 자손이 많이 남았으니 한번 만든 콘텐츠를 잘 저장했다가 재활용하겠다는 전략을 세워둔 것이다.

꾀돌이 할머니

글을 쓰면서 그녀의 할머니 역할을 관통하는 주제는 무엇일지 생각해 보았다. 어머니는 나와 자녀들에게 눈치껏 하는 게 중요하다, 너무 힘들이지 말고 꾀를 잘 써야 한다고 강조했다. 이때 '꾀'는 자기 편의대로 하는 계책이 아니라, 현명함이 더해진 즉흥성, 솔직하면서 다른 사람의 기분을 상하게 하지 않는 균형감 같은 것이다. 꾀부림이 부족한 나는 그녀의 기질을 닮고 싶기도 하고, 명확한 관계 설정을 추구하는 신세대 할머니의 색깔을 부러워하기도 하며, 어머니가 나를 키운 것처럼 내가 아이들을 건강하게 잘 키우고 있는지 반문해 본다.

약 오르지 할머니

포도 한 알의 사랑

　시아버지의 어머니가 99세의 나이로 돌아가셨다. 시할머니에게는 손녀, 손자가 한 명씩 있는데, 이들이 나의 형님과 남편이다. 어릴 때는 할머니를 차지하려고 남매 사이에 살벌한 쟁탈전이 있었다고 한다. 시할머니와 손주의 추억 쌓기는 보지 못했지만, 그녀가 증손주를 얼마나 예뻐했는지는 잘 안다.

　형님이 둘째 출산을 앞두고 있을 때였다. 형님은 첫째를 친정에 맡기고 병원으로 향했다. 유학 중이던 남편과 나는 방학을 맞이해 잠시 서울에 머물렀다. 집에는 시할머니, 우리 부부, 그리고 두 돌 된 조카가 있었다. 할머니는 아기를 돌보고, 나는 식사 준비를 했다. 시댁에는 아기용 식탁 의자가 없어서 상에서 밥을 먹었다. 식사를 마치고 포도를 내왔는데, 바닥에 앉느라 다리가 저렸던 남편이 식탁으로 이동하자고 했다. 조카를 무릎에 두고 디저트를 먹던 남편은 갑자기 아기를 식탁 위에 앉혔다. 아기는 망설임 없이 과일 그릇으로 손을 뻗어 포도 한 알을 집었다. 주물럭거려 포도 껍질을 벗긴 아기는 과즙이 뚝뚝 떨어지는 손으로 증조할머니 입에 포도를 넣었다. 증조할머니가 자신에게 포도를 먹여준 대로 따라 한 것이다. 나는 이 장면을 보고 감동했다가, 이내 먹고 싶지 않다는 데에 생각이 미쳤고, 증손자가 꼼지락거린 포도 한 알을 기쁘게 받아먹은 시할머니가 대단하게 보였다.

보드게임과 가위바위보

장례식장을 지키면서 시할머니에 관해 기억나는 에피소드가 있는지 물었다. 이십 대인 조카는 초등학교 때 증조할머니와 보드게임 하던 때가 즐거웠다고 했다. 자주 하던 건 다이아몬드 게임으로 희고 동그란 플라스틱 말판에 알록달록한 별을 따라 말을 반대편으로 옮기는 게임이다. 그때 시할머니는 팔십 대였는데, 늘 간발의 차이로 이긴 후 더 하자고 조르는 아이들이 지칠 때까지 게임을 해주었다.

첫째 증손주와 만날 때만 해도 시할머니의 건강이 괜찮았지만, 세월이 흐르면서 거동이 불편해졌다. 보드게임에서 은퇴한 후 가위바위보로 갈아탔다. 조카들보다 몇 년씩 어린 우리 집 아이들은 증조할머니와 했던 가위바위보를 떠올렸다. 할머니가 이기면 "아이코, 내가 이겼네! 약 오르지?" 하며 아이들과 놀아주셨는데, '약 오르지~'는 증조할머니의 전용 멘트가 되어, 둘째는 증조할머니를 약 오르지 할머니라고 부를 정도였다. 시할머니가 증손주들과 잘 놀아주었다는 건 알았지만, 아이들이 이 정도로 생생하게 그녀와의 시간을 추억하는지는 알지 못했다.

쑥개떡과 초코칩 쿠키

시할머니가 건강하실 때, 우리의 만남은 주로 명절에 이루어졌다. 시할머니는 왕성하게 요리하던 시절을 뒤로한 후라, 직접 조리하기보다는 맛 평가단이 되었다. 한동안 장보기나 메뉴 선정에 관여하지 않던 시할머니가 어느 해에는 직접 만든 칼국수 면을 가져왔다. 밀가루 반죽을 밀대로 밀어 납작하게 썬, 두께가 일정하지 않은 면이었다. 손자가 좋아한다며 쑥개떡을 만들어온 적도 있다. 달콤한 소가 들어있지 않아 내 입맛엔 밋밋했는데, 손가락 자국이 찍힌 커다란 떡은 인기가 좋았다. 한번은 내가 설날 디저트로 초코칩 쿠키를 만들어갔다. 시할머니는 쿠키를 맛보고 이렇게 말했다. " 손부 덕분에 이런 걸 다 먹는구나. 개떡같이 넓적한 게 달고 맛있네~" 그리고 보니 우리 둘은 절기와 무관하게, 각자 잘하는 음식을 나누었던 엉뚱한 면이 있었다.

할머니의 다른 이름

사흘 동안 장례식장에 머물며 할머니의 호칭을 새로 알게되었다. 첫째 손주인 정아가 어릴 때는 다들 그녀를 정아 할머니라고 불렀다. 손녀가 클 때까지 그렇게 불렀던 것 같다. 내가 결혼할 무렵 시할머니는 안양에 거주했는데, 그래서인지 모두 그녀를 안양 할머니라고 했다.

시할머니가 99세에 돌아가셨으니, 친구나 형제는 대부분 세상을 떠났다. 자연스럽게 고인을 알던 사람인 문상객보다 상주인 시아버지를 위로하러 온 조문객이 많았다. 몇 안 되는 문상객 중 특히 눈물을 많이 흘리던 이는 할머니의 조카였다. 두 사람은 어릴 때 같이 자랐다고 했다. 그녀는 이야기 중에 할머니의 옛 호칭을 알려주었다. 시할머니의 존함 마지막 글자는 '열'인데, 형제 중 막내라고 이름에 '끝'을 붙여 "끝열아!" 하고 불렀다고 한다. 할머니도 오빠가 있고, 별명이 있는 사람이었다는 사실을 듣자, 그녀가 더 입체적으로 느껴졌다. 끝열이, 정아 할머니, 안양 할머니로 통하던 그녀는 할머니를 잊지 말아 달라는 듯, 제일 아꼈던 손주 정아의 생일에 세상을 떠났다.

할머니의 여유로움

밤 산책의 낭만

평일 저녁 9시, 나는 한 고등학교 운동장을 걷는다. 삼십 분 뒤 자율학습을 마치는 첫째를 데려가는 게 나의 임무다. 아들의 학교는 지하철로 두 정거장 떨어져 있다. 걸어가지 못할 거리는 아니지만, 무거운 가방을 메고 밤길을 걸으면 지치니까 차로 태우러 간다. 처음 며칠은 5분 일찍 도착해서 핸드폰을 봤다. 깜깜한 데서 스마트폰을 보니 피로가 몰려와 그만두었다. 다음 시도는 맨손 체조였다. 차에서 내려 몸을 움직일 때는 좋았는데, 곧 하교 시간에 맞춰 줄줄이 도착하는 차량 불빛에 눈이 부셨다. 기다리며 뭘 할지 고민하다가 생각을 바꿔보았다. 5분 일찍이 아니라 30분 일찍 학교에 가서 운동장을 돌았다. 무료하게 기다리던 시간이 몸과 마음을 위하는 시간으로 바뀌었다. 내 머리에서 이런 신통한 해결책이 나오다니! 이런 쪽으로 나에게 영향을 준 사람은 나의 어머니이다.

일찍 가는 게 남는 거

어머니는 늘 여유롭다. 그럴 수밖에 없는 게, 목적지 동네에는 한 시간 먼저 도착하고, 모임 장소에는 삼십 분 일찍 입장한다. "시간, 차비, 체력을 써서 멀리까지 갔는데, 볼일 하나만 보기엔 아깝잖니~"라고 그녀는 말한다. 처음에는 '그러면 피곤하더라도 하루에 두 탕 뛰라는 말인가?'라는 말로 오해했는데, 그게 아니었다. 어머니는 어딜 들어가고 누굴 만나야 재미있다는 생각을 버리라고 했다. 그녀는 일정을 복잡하게 만들지 않고도 주변 환경을 만끽하며 느긋하게 외출을 즐긴다.

어머니는 눈에 보이는 모든 것을 감상한다. 날씨가 좋은 날 강남에서 약속이 있으면, 건물을 구경한다. 종합예술 작품인 건축물을 다양한 각도에서 사진 찍는다. 빌딩 앞에 있는 조각품을 살피며, 미술관에 가지 않고도 예술을 즐긴다. 유동 인구가 많은 동네에서는 현수막을 유심히 읽는다. 교보생명 벽에 붙은 시 한 구절에서 감성을 충전하고, 관공서

앞 강의 안내 플래카드에서 세상의 키워드를 접한다. 차가 다니지 않는 골목길에서는 정성스럽게 꾸민 주택 외관과 개성 있는 상점 간판을 구경한다. 정처 없이 방황하는 게 아니라 능동적으로 문화를 탐구하는 70대 할머니의 열정이 멋지다.

시간 부자의 여유로움

어머니도 젊을 때는 육아와 살림에 치여 동동거릴 때가 많았을 것이다. 우리 집은 식구가 많아서 장 본 것을 집까지 나르는 것이 큰일이었다. 어머니의 일과를 따져보면 물건을 구매, 운송, 정리하느라 보낸 시간만 해도 상당했을 것이다. 세월이 흘러 자녀들이 출가하고, 아버지와 둘이 지내면서 살림 규모를 줄이고, 자신만의 시간을 확보할 수 있게 되었다. 그녀는 외출할 일이 있으면 미리 채비하고 자신만의 <동네 한 바퀴>를 찍는다.

동네 투어는 장점이 있다고 해도 식당이나 카페 같은 실내

약속 장소에 일찍 도착하는 것은 무슨 유익이 있을까? "엄마, 약속 장소에 일찍 도착하면, 뭐 하면서 시간 보내세요?" 라고 물어본 적이 있다. 어머니가 가장 먼저 하는 일은 사람들을 환영하는 마음을 갖는 것이다. 참석자들은 약속 시간 직전까지 소통의 욕구가 있기 마련이다. 예컨대, 식당 앞 주차장 상황은 어떤지 묻고, 모임 장소로 퀵 서비스를 시켰는데 받아달라고 부탁하고, 조금 늦으니까 먼저 음식을 시켜달라든지 하는 것이다. 일찍 오는 사람으로 알려졌기에, 사람들은 갖가지 일을 그녀와 상의한다. SNS 단체 대화방에서 일어나는 이런 활동을 통해 어머니는 온라인 컨시어지 서비스를 제공한다.

이게 다가 아니다. 어머니는 일찍 가서 제일 좋은 점은 마음을 가다듬을 시간을 가지는 것이라고 했다. 목적지에 먼저 가서 사람들이 오기 전에 차분히 생각을 정리하면, 심리적 안정감이 생겨 말실수를 덜 하고, 기운을 비축한 만큼 타인의 말을 경청할 수 있다고 하였다. 세월이 갈수록 멋있어지는 어머니의 모습은 이런 면이다. 정서적 풍요로움을 느끼며 시간 부자로 사는 그녀의 비법은 남을 배려하고 자신을 다스리는 것이었다.

기다리는 게 빠른 거

수년 전, 어머니가 어떤 일이든지 시간을 넉넉하게 잡고 계획에 옮긴다는 걸 알았을 때, 신기하다 정도로만 생각했다. 그런데 소라 님과 어머니한테서 시간 사용에 공통점이 있음을 발견했다. 언젠가 소라 님과 나는 이웃 도시 도서관을 방문했다. 독서 모임 종강식을 위해 동아리 방을 예약하려고 한 것이다. 우리 둘은 세종 시민이 아니라서 공간을 빌릴 수 없다는 말을 듣고 그곳에 사는 한 회원에게 부탁하기로 했다. 도서관 주차장에서 그녀에게 전화를 걸었더니 연결이 되지 않았다. 장소 섭외를 마무리 짓지 못하고 돌아가나보다 했는데, 소라 님이 이렇게 말했다. "우리 근처 카페 가서 차 한잔 하며 다른 안건 마무리 짓고 있으면 어때요? 최대 30분 예정으로요. 그 사이에 회원의 전화를 받을 수도 있으니까요." 그녀 말대로 우리는 인근 카페에서 차를 마시

다가, 독서 모임 회원의 전화를 받았다. 돌아오는 차 안에서 내가 물었다. "소라 님은 그분한테 금방 전화가 올 줄 아셨어요? 어디 공중목욕탕 같은 데 있어서 핸드폰을 가지고 있지 않은 상황일 수도 있잖아요. 혹시 예지력 있으세요? 암튼 대단해요. 그런 생각이 떠오른다는 게 진짜 대단해요." 그녀는 그게 뭐 놀랄 일이냐며 웃었다. "옆 도시까지 왔는데, 조금 시간이 걸려도 매듭짓고 가면 마음이 편하잖아요."

소라 님과 어머니는 시간을 세세하게 나누지 않고 굵직하게 배분한다. 큰 틀을 먼저 잡아 놓고, 대세에 지장이 없으면 중간에 일어나는 소소한 변화는 받아들인다. 자연스럽게 일상에서 여유와 균형을 찾은 인생 선배들의 노하우가 내게도 스며들면 좋겠다.

달밤의 여유

얼마 전, 학교를 마친 첫째가 차에 타자마자 잠깐 핸드폰을 확인하겠다고 했다. 그날 밤 당근 거래가 있다며, 판매자가 학교 근처에 사니 연락이 닿으면 들러서 물품을 가져가겠다고 했다.

"그래? 언제 가지러 가면 돼?"

"그게 확실치가 않아. 내가 산다고는 했는데, 시간은 아직 안 정했어."

"지금 전화해 보고 가지러 간다고 하면 어때?"

"당근은 전화번호 없어."

"그렇구나. 그럼 어떡하지?"

"여기 판매자 정보에 이 사람이 평균 30분 이내로 답한다고 뜨거든. 당근 앱에 자주 들어오는 사람인가 봐. 답장이 오는 지 조금만 기다려볼까?"

"좋은 생각이네. 차에서 좀 쉬고 있자. 집에 갔다가 연락받고 다시 나오나, 여기서 좀 기다리다 짐 찾아서 집에 가나, 시간 은 비슷할 거야. 한번 집에 들어가면, 다시 나오기 싫거든."

30초만 생각해 본다던 아들은 집으로 가자고 했다. 언제 연 락이 올지 모르는데, 계속 기다리는 시간이 아깝다면서, 집 에서 할 일 좀 하다가 연락 오면 다시 나오겠다고 하였다.

집에 와서 실내복으로 갈아입고 TV를 켰다. 리모컨으로 채널을 돌리는 데 아들이 다가왔다.

"엄마, 바쁘세요?"

"연락이 왔어?"

"지금 와도 된대요. 문 앞에 둘 테니 송금하고 가져가래."

"허, 딱 30분 만에 답이 왔네."

나는 열쇠를 들고 운전석에 앉았다. '거기서 기다리자고 했잖아!' 라고 말하고 싶었지만, 미안한 표정을 지은 아들 얼굴을 보고 조용히 운전만 했다. 첫째가 먼저 말을 꺼냈다.

"조금만 더 기다릴걸. 괜히 기름 낭비하고 시간도 길어졌네. 근데 엄마는 금방 답이 올 줄 어떻게 알았어?"

"몰랐지. 하지만 당근이 30분 만에 답하는 사람이라고 했다며. 평균적으로 그렇다니까 한번 믿어볼 만하지. 어차피 집에 왔다 갔다 하면 그보단 시간을 더 쓰니까."

집에 오는 길에 내가 말했다.

"생각해 보니까 아까처럼 기다릴까 말까 결정해야 할 때, 한번 기다려본다는 마음은 소라 님 한테 배운 것 같아. 외할머니 영향도 있는 것 같고."

"역시 내공이 센 사람들은 다르구나. 아까는 답이 올지 안 올지도 모른 채로 거기 있다는 게 내키지 않았는데, 기다리는 게 더 빠른 길이었어."

시간을 여유 있게 쓰면, 생각도 여유가 생긴다. 나는 어머니와 친구 덕분에 헉헉대지 않고 한 템포 늦추는 법을 배웠다. 내가 사십 대에 깨우친 걸 첫째는 십 대에 배웠으니, 달밤에 왔다 갔다 한 결과로는 나쁘지 않았다.

할머니라는 말

외할머니 vs. 할머니

글쓰기 수업에서 있었던 일이다. 1교시는 글쓰기 강의, 2교시는 수강생 합평으로 꾸렸다. 참여자들은 모르는 사이였지만, 서로의 글을 읽으며 친밀감을 키웠다. 대구가 고향인 60대 수강생이 어린 시절에 관한 글에서 '할매'라는 단어를 사용했다. 그는 자신에게 영향을 준 사람으로 외할머니를 꼽았다. 이 글을 읽은 다른 수강생이 이렇게 말했다. "이 글에 등장하는 할머니는 외할머니인 거죠? 그러면 외할머니라고 써줘야 하지 않을까요? 통상, 할머니 하면 친할머니고, 외할머니는 '외'자를 붙이니까요." 이 발언을 계기로 우리는 할매, 할머니, 친할머니, 외할머니라는 호칭에 관해 의견을 나누었다. 글을 쓴 이는 이렇게 덧붙였다. "요즘에는 '할머니' 하면 외할머니를 말하는 거라고 하데요. 요새는 딸 중심 세상이고 손주들은 엄마의 엄마인 외할머니랑 친하니까 그렇대요. 아이들이 자주 소통하는 할머니가 외할머니인 거죠. 그럼 친할머니는 뭐라고 하냐고요? 예전에는 '친'을 빼고 그냥 할머니라고 했는데, 그 단어를 외할머니에게 내주었으니, 지명을 붙여서 부른대요. 친할머니가 부산에 살면, 부산 할머니 이런 식으로요. 또 친할머니댁은 지역적으로 멀고, 명절 때 머무는 곳이니까, 만나러 갈 때마다 여행하는 기분이 들잖아요. 그래서 지역 이름을 붙여서 부르는 게 대세라고 합니다."

국립국어원이 발간한 자료집 『우리, 뭐라고 부를까요?』에도 이 같은 내용이 있다. "전통 언어 예절에서는 아버지 쪽은 가까움을 뜻하는 '친(親)-'을 쓰고, 어머니 쪽은 바깥을 뜻하는 '외(外)-'를 써서 구분해 왔는데, 지역 이름을 넣어 친·외가 구분 없이 표현"한다고 쓰여 있다. 과거에는 대부분 아버지 가족과 왕래했기에 '친할머니=할머니'로 쓰다가, 근래 들어 '외할머니=할머니'로 통용된다고 해서 부계로 기울었던 가족 호칭이 비로소 균형을 찾았다고 할 수는 없다. 오히려 '친' 또는 '외'라는 접두사를 붙여 한쪽이 다른 한쪽을 배제하도록 만들면, 할머니라는 단어는 포용력을 읽는다. 호칭의 형평성에 연연하지 말고 가까이 지내는 조모를 할머니라고 부르거나, 양가 할머니 모두에게 지명을 붙여 부르는 게 자연스러울 것이다. 핵심은 "할머니~"하고 부르며 반갑게 인사할 수 있는 사람이 있는지다.

몇 살부터 할머니?

수강생의 글을 계기로 외할머니, 친할머니라는 단어를 살펴보았더니, 할머니라는 호칭에 대해서도 궁금해졌다. 어떤 사람들을 할머니라고 부르는가? 몇 년 전 가을에 있었던 일이다. 70대인 친정어머니와 40대인 내가 지하철을 탔다. 우리는 80대로 보이는 할머니 옆에 앉았다. 그녀는 곱슬곱슬한 은빛 머리에 연분홍색 누빈 조끼를 입은 멋쟁이였기에 시선을 사로잡았다. 한 정거장쯤 지났을까, 어머니는 고개를 옆으로 돌려 작게 말했다.

"아주머니, 조끼가 정말 멋지네요."

"고마워요. 내가 직접 만든 옷이에요."

"어머나, 손재주가 대단하시네요?"

두 사람은 스몰 토크를 하다 할머니가 지하철에서 내리자

대화를 마쳤다. "엄마, 왜 저분에게 아주머니라고 했어요? 할머니라고 하지 않고요?" 그녀가 떠난 후 내가 물었다. "요즘은 할머니들한테 할머니라고 하면 안 좋아해. 아주머니라고 해야지."

명백한 할머니인 어머니는 그보다 나이가 있는 여성을 할머니라고 부르지 않았다. 내가 또래의 중년 여성을 아줌마라고 하지 않는 것과 비슷한 걸까? 만일 내가 멋쟁이 할머니를 아주머니라고 불렀으면 이상했을지 모르는데, 어머니가 그녀를 아주머니라고 부를 때는 센스 있게 들렸다. 호칭은 무언의 계약이라, 서로 받아들이는지 아닌지 은근하게 파악한다. 스스로가 노인이라고 생각하는 시기는 점점 높아지는 추세고, 누군가가 할머니인지 아닌지를 결정하는 것은 외모나 나이보다 본인의 마음에 달려있다.

관계적으로는, 4~50대에도 손주를 만남으로써 할머니가 될 수 있다. 그녀를 할머니라고 불러줄 이가 생겼기 때문이다. 그러나 이 책은 손주와 살뜰한 관계를 맺는 조모, 혈육으로 정의하는 좁은 의미의 할머니 서사가 아니다. 나이 듦과 함께 현명함, 따뜻함, 용기, 세련됨을 배가시킨 여성들의 이야기이다. 메리 파이퍼는 『나는 내 나이가 참 좋다』(티라미수, 2019)에서 할머니는 아이들에게 윤리적 삶이 무엇인지 알려주는 선생님이며, 시간, 장소, 사람을 엮어서 젊은 세대의 정체성을 지켜줄 안전망을 조성한다고 하였다. 이때 할머니들이 젊은 세대에게 일방적으로 무언가를 제공하는 것이 아니라, 상호작용 속에서 그들의 삶 역시 충만하게 채워지는 기쁨을 경험하게 된다.

할머니가 좋다

"If nothing is going well, call your grandmother.
어떤 일도 잘 풀리지 않는 날에는 할머니에게 전화를 걸어라."
                                        -이탈리아 속담-

일이 잘 풀리지 않는 날, 너무 잘 풀려 자랑하고 싶은 날, 그저 목소리 듣고 싶어서 연락했다고 콧소리 내며 대화할

할머니가 필요하다. 나와 다른 세대에 살지만, 내가 할 실수는 다 해봐서 척 보면 이해하는, 서로 공감할 수 있는 할머니 친구가 있으면 된다.

나의 할머니 친구들을 생각하면 빨리 일을 마치고, 같이 놀고 싶다. 그런 친구가 여럿이면 좋겠지만 단 한 명이어도 괜찮다. 그녀들이 나에게 해준 것처럼 나도 훗날 젊은이들에게 곁을 내주는 할머니가 되길 소망한다.

감사의 글

할머니들에 관한 글을 쓰고 한동안 묵혀두었는데, 〈드글드글 이글이글〉 덕분에 독립출판에 도전하게 되었습니다. 비슷한 관심과 고민을 품는 대전작가들의 모임에서 서로가 든든한 지원군이 되어줍니다. 독립출판의 길잡이가 되어준 이보현 작가님, 다양한 시도로 열정을 나누어준 연해 작가님, 창작자들을 환영해준 머물다가게 임다은 작가님께 감사드립니다. 브런치에 글을 연재하는 동안 제 글을 읽고 소회를 나누어준 독자님들께도 진심으로 감사드립니다. 마지막으로 글쓰기 동무인 이소라 작가님, 장석경 작가님, 제 글의 첫 번째 독자인 정경란 님, 정말 고맙습니다.

할머니와 친구하기

© 염주희

발행일 2024년 10월 05일

지은이_ 염주희

편집디자인_ 염주희

편집_ 이보현

표지디자인_ 센티미터밀리미터

크로스교정_ 연해, 임다은

인쇄_ 인터프로프린트

발행처_ 인디펍

발행인_ 민승원

출판등록 2019년 01월 28일 제2019-8호

전자우편 cs@indiepub.kr

전화 070-8848-8004   팩스 0303-3444-7982

정가 10,000원

ISBN 979-11-6756-596-9 03810

이 책의 본문은 '을유1945' 서체를, 글제목은 '강원교육' 서체를
사용했습니다.